Udo Schroeter

Wenn du das Unwesentliche beiseite räumst, entdeckst du, wer du wirklich bist: Rückenwindgeber, Bäumepflanzer, Abenteurer …

Meer als Alles.

Eine Erzählung für Männer.

adeo

Inhalt

Mit einem herzlichen Dank an Rita Makkannaw
für mein Wort auf der Visitenkarte meines Lebens

Die Anreise

Es war ein warmer, ruhiger Oktobertag, als ich die kleine Insel mitten im Meer erreichte. Die Fähre hielt sich an ihren Fahrplan und das war durchaus nicht immer selbstverständlich.

Als ich vom Oberdeck aus auf den verschlafenen Hafen vor mir schaute, pfiff ich fröhlich die Melodie von *Message in a Bottle* vor mich hin. Ich freute mich nahezu unbeschreiblich auf die gemeinsame Woche mit Leif. Immerhin waren seit unserer letzten Begegnung zwölf Jahre ins Land gegangen. Zwölf Jahre, in denen viel passiert war in unser beider Leben und in denen der alte Mann keine Angelguidings angenommen hatte.

Stattdessen war Leif um die Welt gereist, hatte Wale in Südafrika, Alaska und Norwegen beobachtet, war den Südteil des Wanderweges GR 20 auf Korsika gegangen und hatte zwei Bücher geschrieben.

Und ich – ich war in dieser Zeit bei mir selbst angekommen.

≈

Nach der Ankunft der Fähre fuhr ich über die enge Küstenstraße zu unserem vereinbarten Treffpunkt, einem alten Leuchtturm an der Südostspitze der Insel. Zu dem ruhigen Wetter gesellten sich angenehme Temperaturen und ich öffnete die Seitenscheibe bis zum Anschlag und ließ mir den warmen Fahrtwind ins Gesicht wehen.

Solch ein mildes Herbstklima war auf der Insel durchaus nichts Außergewöhnliches. Durch die hohen Temperaturen im Sommer wurde das Meer stark aufgeheizt und wirkte wie ein riesiger Wärmespeicher. Und diese Wärme gab es nur widerwillig wieder her.

Der Leuchtturm war schon von Weitem zu sehen. Seine strahlend weißen Aufbauten ragten aus den weitflächigen Kiefernwäldern empor. Sogar das Leuchtturmlicht war bereits angeschaltet und im Fünfsekundentakt erstrahlte für einen kurzen Augenblick der Lichtkegel über dem Wald und verschwand dann im nächsten Moment wieder über dem Meer.

Der Leuchtturm gehörte zu den wenigen auf der Insel, die den Schiffen tatsächlich noch den Weg über das Meer wiesen. Moderne Navigationsgeräte und ein Himmel voller Satelliten hatten in den letzten zwei Jahrzehnten einem Leuchtturm nach dem anderen den Garaus gemacht. Kaum vorstellbar, dass hier noch vor rund dreihundert Jahren Strandpiraten mit einem simplen Strandfeuer Schiffe in die Irre geführt hatten, damit sie sie dann in Ruhe ausplündern konnten.

Vor dem Leuchtturm lag ein kleiner Hafen. Im Sommer strömten die vielen Touristen hinaus auf die Hafenmolen. Sie beobachteten neugierig das behäbige Treiben der Fischer und sogen eine Prise Hafenduft in ihre Städternasen, die typische Mixtur aus schwerem Dieselöl, Meersalz, Möwenkot und Essenzen vom Dorsch. Am Abend kamen die Touristen noch einmal ans Meer, um in sich versunken den Sonnenuntergang zu bestaunen. Dann mischten sich auch Gerüche von Deorollern, schweren Parfüms und Haarsprays unter den Hafenduft.

Doch jetzt, in der Nachsaison, gehörte der Hafen wieder allein den Fischern. Endlich mussten sie sich keine Antworten auf die Fragen der Touristen mehr abringen, weder zu ihren Fängen noch zu den Fischen oder zum Lieblingsthema der Molengänger: dem Wetter.

Die Touristen hatten für ihre Urlaubstage hier viel Geld bezahlt, und als sei das schon Legitimation genug, haderten sie mit jedem heranziehenden Tiefdruckgebiet, das vollgepumpt war mit Regen, Wind und wenig freundlichen Temperaturen. Sie stritten mit der

Realität und hofften wohl, den Fischern mit ihren bohrenden Fragen anderes Wetter abtrotzen zu können.

Die hatten aber, im Gegensatz zu den vielen Molengängern, eines in ihrem langen Leben am Meer gelernt: Mit dem Wetter hadert man nicht, man gibt sich ihm hin. Der Wind, die Lufttemperatur, die Strömungen, die Wasserstände, die Gezeiten, die Seenebel, der Wellengang, die Wassertemperaturen, der Sonnenschein, die Wolken – alles unterlag einem ständigen Wandel und nach einem stürmischen, regnerischen Tag konnte schon am nächsten die Sonne wieder von einem wolkenlosen Himmel scheinen.

Übrigens kämen die Fischer auch niemals auf die Idee, die Beurteilung eines Urlaubes in erster Linie vom Wetter abhängig zu machen. Dieses Verhalten war allein den Molengängern zu eigen.

Jetzt, im Herbst, fanden die Fischer wieder zu ihrem üblichen Nachsaison-Tagesgeschäft: dasitzen, schweigen und mit einer gut gekühlten Flasche Bier in der Hand aufs Meer blicken. Das Leben eines Fischers schien zu dieser Jahreszeit die perfekte Verkörperung der Leichtigkeit des Seins … wären da nicht die täglichen Bierflaschen zwei, drei, vier und fünf gewesen. Viele der Männer kämpften längst nicht mehr mit dem Meer und mit schwindenden Fischbeständen, sondern mit ihrer Alkoholsucht.

Aus stolzen Männern waren in sich gekehrte Zeitgenossen geworden, denen man ihre Perspektivlosigkeit an den Gesichtern ablesen konnte. Sie hatten keine richtige Aufgabe mehr und in diesen Lebenszustand hatten sie sich auch selbst gefischt. Geblieben waren nur ihre alten Geschichten.

≈

Als ich den Parkplatz vor dem Leuchtturm erreichte, saß Leif auf der Ladefläche seines Landrovers, die Füße auf der Stoßstange abgestellt. Es gab dieses Auto also immer noch! Unglaublich, schließlich war es schon damals, auf meiner ersten Reise, ziemlich alt gewesen. Wahrscheinlich lagen auch die Van-Morrison-Kassetten immer noch im Handschuhfach …

Ich war glücklich und dankbar, den alten Mann endlich wiederzusehen, und mir war in diesem Augenblick sehr bewusst, dass dies vermutlich unsere letzte gemeinsame Zeit sein würde. Leif hatte bei unserem letzten Gespräch bereits angedeutet, dass seine Kräfte schwanden. Und wirklich war es ganz eindeutig: Die vergangenen Jahre waren nicht spurlos an Leif vorübergegangen. Aus einem alten Mann war ein noch älterer Mann geworden. In jüngeren Jahren hinterlässt die Zeit oft noch nicht so deutliche Spuren, doch bei Leif sah man die letzten zwölf Jahre gewaltig. Sein Gesicht war gegerbt von den unzähligen Stunden in Wind und Wetter. Unter dem Stetson schauten ein paar längere hellgraue Haarsträhnen hervor, und bevor wir uns in die Arme fielen, hob Leif für einen kurzen Moment zur Begrüßung den Hut vom Kopf.

Wir hielten uns fest und schauten uns tief in die Augen, und jeder sah, wie sich beim anderen ein paar Freudentränen ihren Weg von innen nach außen bahnten.

„Willkommen!“, sagte Leif und wischte sich mit dem Handrücken über das Gesicht.

„Du glaubst gar nicht, wie ich mich auf diese Woche gefreut habe!“, entgegnete ich.

„Du sprichst mir aus dem Herzen“, sagte Leif. „Komm, ich helfe dir, dein Auto auszuladen.“

≈

Das Ferienhaus, das ich gemietet hatte, lag nur ein paar Gehminuten vom Leuchtturm entfernt direkt am Meer. Es war erst vor vier Jahren auf einem Platz gebaut worden, auf dem die alte Holzhütte des alteingesessenen Fischers Edwaldson gestanden hatte, der vor zehn Jahren verstorben war.

Zu seinen Lebzeiten hatte Leif oft mit Edwaldson vor seiner Hütte gesessen und ihm beim Filetieren der frisch gefangenen Fische oder beim Flicken seiner Netze zugeschaut. Leif war einer der wenigen Menschen, dessen Nähe der ansonsten menschenscheue Fischer überhaupt ertrug, und wenn er sich mit Leif unterhielt, erzählte er nie von sich. Er sprach über das Meer und über die Fische. Edwaldson war mit Leib und Seele Fischer.

Weil nach dem Tod von Edwaldson niemand aus seiner Familie die Lust und die Energie aufbrachte, sich um die Strandhütte zu kümmern, war sie zusehends dem Verfall preisgegeben. Irgendwann verkaufte die Familie die Bruchbude dann samt Grundstück an einen anderen Fischer, der darauf das neue Ferienhaus errichtete. Es war ein kleines, feines Holzhaus in einem schwedischen Rot und mit weißen Fensterrahmen. Über der Eingangstür war ein Treibholzbrett festgenagelt, auf dem der Name der Hütte stand: *Solen*. Das Wort kam aus dem Dänischen und bedeutete *die Sonne.*

Das Haus lag, umgeben von drei weiteren kleineren Fischerhütten, direkt in den Stranddünen. Vor dem Haus gab es eine kleine Holzterrasse, die nur einen halben Steinwurf vom Meer entfernt lag. Leif hatte mir diese kleine Perle empfohlen, die in keinem Reisekatalog dieser Welt stand und nur durch Empfehlungen ihre Mieter fand. Wenn etwas wirklich gut und stimmig ist, braucht es nicht einen einzigen PR- oder Marketingeuro, um die Herzen und Portemonnaies der Menschen zu erreichen. Dieses Haus stand schlicht und einfach genau am richtigen Platz.

Dazu passte auch, dass direkt vor dem Haus eines der vermutlich besten Angelriffe der Insel lag. Unter Meerforellenanglern hatte diese dreihundert Meter lange Untiefe längst Legendenstatus erreicht, und es gab kein Anglerforum und kein Angel-Printmedium, das diesem Riff nicht bereits mit einer Reportage oder einem Erfahrungsbericht gehuldigt hätte. Es war berühmt für seine exzellente Fischerei auf große Meerforellen und auf dem Weg zu diesem Ziel hatten sich hier schon unzählig viele Watangler in den Fluten des Meeres versenkt und waren mit einem nassen Arsch wieder ans Ufer zurückgekehrt. Wahrscheinlich sind hier sogar mehr Angler nass geworden, als Meerforellen gefangen wurden.

Und trotzdem: Was den Bergsteigern der Mount Everest und den Skifahrern die Streif ist, das ist dieses Riff für die Meerforellenfreaks. Nur wer hier einen Fisch gefangen und ohne vollgelaufene Wathose wieder den Strand erreicht hat, hat seinen inneren Heldenfrieden erlangt.

Diese Legende war allerdings schon bei meiner letzten Reise auf die Insel etwas ins Wanken geraten, als Leif mir erzählte, dass er öfters mit seinen Enkelsöhnen zum Angeln aufs Riff hinausging. Damals waren die beiden acht und zehn Jahre alt. In der Angelszene wird eben gern dick aufgetragen …

≈

Als meine Sachen den Weg vom Auto zum Ferienhaus gefunden hatten – die meisten Wege musste ich dabei für meine Angelausrüstung zurücklegen –, setzten wir uns auf die Bank vor der kleinen Hütte und tranken einen Begrüßungskaffee.

Mir kam das alles völlig unwirklich vor. So lange hatte ich in der Vorfreude auf diese Reise gelebt, und jetzt holte mich eine Wirklichkeit ein, die ich kaum fassen konnte.

„Kneif mich mal!“ Ich klopfte Leif auf die Schulter. „Ich kann gar nicht fassen, dass wir jetzt zusammen hier sitzen.“

„Oh, doch! Das tun wir. Und es ist großartig, dass wir noch einmal die Gelegenheit dazu bekommen!“ Leif schaute zufrieden aufs Meer.

Mein Blick schweifte ebenfalls auf das lange Riff hinaus. Hier und da ragten einige größere Steine aus dem Wasser und die Wellen rollten sanft auf dem flachen Buckel des Riffs aus. Ein paar Möwen schwebten gelangweilt am Himmel, wohl wissend, dass es bei diesem ruhigen Wetter wohl eher schwierig werden würde, irgendetwas vor den Schnabel zu bekommen. Die Bachstelzen waren da schon erfolgreicher. Mit ihren langen feinen Schnäbeln pickten sie unermüdlich Sandflohkrebse aus dem Sand. Stecknadelkopfgroße Löcher verrieten den Vögeln, wo sie stochern mussten.

Ein Wintergoldhähnchen landete auf der Terrasse und begrüßte uns mit einem kecken Blick. Vor einigen Jahren war ein Wintergoldhähnchen auf der Angelrute von Leif gelandet, als der gerade draußen auf dem Riff stand. Der kleine Vogel war von seinem weiten Flug über das Meer auf die Insel völlig erschöpft und hätte die zweihundert Meter zum Ufer nicht mehr geschafft. Leif hatte sich seine Angelrute unter den Arm geklemmt und den Vogel an Land getragen. Eine halbe Stunde lang saßen die beiden zusammen am Strand, dann hatte der kleine Vogel seine Kräfte wiedergefunden. Seitdem tauchten häufig Wintergoldhähnchen im Leben des alten Mannes auf.

„Gute Bedingungen!" Ich schaute zu Leif hinüber, der seinen Stetson neben sich auf die Bank gelegt hatte und immer noch verträumt aufs Meer blickte.

„Ja, sehr gute Bedingungen zum Angeln", lächelte er. „Da sind bestimmt ein paar dicke Meerforellen unterwegs."

„Ganz bestimmt", stimmte ich ihm zu. „Aber heute ist erst einmal der Tag meiner Anreise!"

Noch während ich das sagte, musste ich lachen, denn so ein Satz wäre bei meinem ersten Aufenthalt auf der Insel völlig undenkbar gewesen. Damals war ich so getrieben gewesen, dass ich am liebsten sofort nach der Ankunft den ersten Fisch gefangen hätte, um das Gefühl zu haben, dass ich die Zeit hier auch möglichst produktiv nutzte. Doch eine von Leifs ersten Lektionen war das „Ankommen" gewesen.

Das klang so simpel und war damals trotzdem alles andere als eine leichte Übung für mich gewesen, denn ich war mit meinen Gedanken meinem Leben ständig voraus. „Ankommen" bedeutete für Leif, wirklich da zu sein, wo das Leben sich gerade abspielte – mit dem Herzen, dem Verstand und mit allen Sinnen. Diese Lektion des alten Mannes war eine bedeutende Erkenntnis für mich und ein Meilenstein auf dem Weg zurück zu mir selbst. Es ist bis heute immer wieder ein riesiges Glücksgefühl für mich, dass meine Gedanken nicht mehr davonlaufen …

≈

Natürlich gingen wir an diesem Tag nicht mehr angeln. Stattdessen saßen wir bis zum Sonnenuntergang auf der Bank vor dem Ferienhaus, schauten aufs Meer und erzählten uns Geschichten von Walen, von Berggipfeln und vom Ankommen bei sich selbst.

Zwölf Jahre waren ins Land gegangen und dieses Gespräch verdeutlichte mir einmal mehr, dass es nicht entscheidend ist, wie viel Zeit wir mit einem Menschen verbringen, sondern wie wir diese Zeit tatsächlich füllen.

Es gab viele Menschen, mit denen ich sehr viel mehr meiner Lebenszeit verbrachte als mit Leif, mit manchen sogar täglich, und doch wusste ich eigentlich nicht viel über diese Menschen. Es waren Begegnungen ohne Eindruck.

Schon in diesen ersten Stunden mit dem alten Mann lag so viel Tiefgang und Herzlichkeit, dass ich das Gefühl hatte, bereits eine Ewigkeit hier auf der Bank gesessen zu haben.

≈

In der Dämmerung kamen zwei junge Seehunde in die Nähe des Riffs. Sie verspielten ihre letzte Tagesenergie mit kleinen Verfolgungsjagden und dem Erklimmen von zwei Sandsteinplatten, auf denen sie kurze Zeit später friedlich einschliefen.

Es gab vier dieser Platten in Riffnähe, die so groß waren, dass sich die Seehunde darauf ausstrecken konnten. Platten, die selbst bei einem Wasserstand von plus zwanzig Zentimetern immer noch aus dem Wasser ragten und die Sonnenwärme speicherten. Die Seehunde lagen quasi auf riesigen Wärmflaschen und würden diese Steine erst kurz vor Sonnenaufgang wieder verlassen und zurück ins Meer rutschen.

Die Fischer waren den Seehunden alles andere als wohlgesonnen, sie machten die Tiere für die schwindenden Fischbestände verantwortlich. Ein ausgewachsener Seehund wog an die hundertfünfzig Kilo und fraß im Durchschnitt neun Kilo Fisch pro Tag. Das war, bei geschätzten dreitausend Tieren in den Gewässern um die Insel, eine riesige Tagesmenge Fisch. Aber es war nichts im Vergleich zu der Menge, die die Fischer mit ihren Netzen jahrzehntelang dem Meer entrissen hatten.

Irgendwann gab es auf offener See nicht mehr genug Dorsche und Heringe für die Seehunde und so rückten die schnellen Jäger den küstennahen Fischbeständen mehr und mehr auf die Schuppen. Und so gerieten auch die Meerforellen, die sehr küstennah leben, zunehmend auf den Speiseplan der Seehunde. Nur haben diese wilden Meerforellenstämme natürlich eine viel geringere Bestandsdichte als die Dorsche oder die Heringe.

Im vergangenen Herbst spielte sich an einigen Bachmündungen ein regelrechtes Drama ab: Vor den Mündungen warteten viele der Meerforellen darauf, ihrem inneren Ruf zu folgen und in die Bäche aufzusteigen, um dort zu laichen. Leider führten die Bäche nicht sehr viel Wasser, denn es hatte monatelang nur wenig Niederschlag über der Insel gegeben. Und so warteten die laichbereiten Fische darauf, dass endlich die Wasserstände in den Bächen hoch genug steigen würden, damit sie zu ihren Laichplätzen gelangen konnten.

Nichts konnte sie von diesem Plan abbringen, und so begaben sie sich in eine Gefahr, für die sie überhaupt nicht gewappnet waren, denn für die Seehunde waren diese wartenden Fische voller Laich eine leichte Beute. Immer enger trieben die Seehunde die Fische in den Mündungstrichtern zusammen und fraßen sie auf. Und mit ihnen auch die nächsten Generationen Meerforellen.

Jetzt wurde es also für alle knapp – für die Fischer, für die Seehunde und für die vielen Angler, die jedes Jahr auf die Insel reisten, um Meerforellen zu angeln.

≈

Unser Tag endete erst, als der Mond über dem Meer auftauchte und das Riff in einem honiggelben Schimmer erstrahlte. Auch auf den anderen beiden Liegesteinen hatten sich jetzt Nachtgäste eingefunden: Vier Entenpaare teilten den Platz unter sich auf.

Leif fuhr nach Hause und ich kroch ins Bett. Das Schlafzimmer lag auf der Seite zum Meer. Durch das kleine Fenster schien der Mond hinein und sein fahles Licht erhellte die kleinen Blumen der schwedischen Tapete. Die Wellen rollten sanft auf dem breiten Sandstrand aus und machten die passende Hintergrundmusik zum sanften Mondschein.

Ich war wieder auf der kleinen Insel angekommen.

Der erste Tag

Der Kreis und die Flasche

Ich brauche das Meer, weil es mich lehrt.

Pablo Neruda

Es war Leif, der mich um kurz nach halb zehn mit einem forschen Klopfen an die Tür des Ferienhauses weckte.

„Aufstehen, angeln gehen!", rief er fröhlich durch die geschlossene Tür.

„Schon halb zehn, unglaublich", murmelte ich völlig überrascht, als ich dem alten Mann verschlafen die Tür öffnete. Mit einem innerlichen Schmunzeln erinnerte ich mich an die Zeiten, in denen ich ohne Schlafmittel nicht einmal an Schlaf denken konnte.

Wir frühstückten gemeinsam auf der Terrasse mit Blick auf das Meer. Die Seehunde waren wieder da und jagten draußen nach Heringen. Wenn sie kurz auftauchten, um Luft zu holen und sich zu orientieren, schauten sie auch immer wieder neugierig zur Terrasse.

Ich musste an den Tag zurückdenken, als mir zum ersten Mal ein Seehund am Meer begegnet war. Es war auch der Tag gewesen, an dem ich meinen Freund *Bäumepflanzer* kennenlernte.

≈

Damals gewannen die Tage nach einem langen und harten Winter endlich ihre Länge und ihr Licht zurück, und ich fuhr ans Meer, wo ich erstmals mit meiner Angel einen Fisch fangen wollte.

Ich ging über den Deich hinunter zum Strand und erblickte einen Mann, der am Ufersaum kniete und einer stattlichen Meerforelle die Innereien herausschnitt.

Als er mich kommen hörte, drehte er sich kurz um und rief mir ein aufmunterndes „Viel Glück!" zu. Dann kümmerte er sich wieder um seinen Fisch.

Ich stellte mich keine dreißig Meter von ihm entfernt hin. Wo es einen Fisch gab, da würde es auch noch mehr geben, so meine Theorie. Ich steckte meine Angelrute zusammen, montierte einen kleinen Kunstköder, der aussah wie ein in die Jahre gekommener Hering, und warf den Hoffnungsträger in die unendlichen Wassermassen.

Es war für mich nahezu unvorstellbar, in einem so großen Meer mit meinem Köder wirklich auf einen Fisch zu treffen. Bis zu diesem Tag hatte ich nur Würmer in unserem überschaubaren Dorfteich gebadet. Aber trotz aller Unsicherheit fühlte ich mich damals großartig, denn es kehrte so etwas wie ein Abenteuergefühl in mein tristes Alltagsdasein zurück.

Sobald der Fremde seinen Fisch versorgt hatte, gesellte er sich zu mir, und wir kamen ins Gespräch.

„Es ist so groß!" Ich blickte auf das Meer. „Ich kann mir überhaupt nicht vorstellen, wie ich hier jemals einen Fisch fangen soll."

„Stell dir vor, du angelst an einem Dorfteich", sagte der Mann. „Und den Rest blendest du einfach aus."

Das war drei Jahre vor meiner ersten Reise auf die Insel … und es war der Beginn einer wunderbaren Freundschaft.

≈

Die Seehunde neben dem Riff tauchten wieder ab. Wenn sie wollten, konnten sie es ohne Mühe dreißig Minuten unter Wasser aushalten, aber diese Jungtiere waren viel zu neugierig, um so lange unten zu bleiben.

Leif und ich zogen unsere Wathosen an, nahmen unsere Angelruten und machten uns auf den Weg hinaus aufs Riff.

Es war einer jener Augenblicke, nach denen ich mich schon so lange gesehnt hatte – noch einmal mit dem alten Mann im Meer stehen.

Auf dem Riff lagen viele Steine, und die meisten von ihnen waren mit Blasentang oder Algen bewachsen. Das Waten war streckenweise eine rutschige Angelegenheit. Immerhin gaben mir die Filzsohlen unter meinen Watschuhen etwas Trittsicherheit, aber trotzdem rutschten die Füße beim Waten immer wieder kurz zur Seite weg und blieben dann am nächstgrößeren Stein hängen.

Genau für solche Angelstrecken gab es im Angelfachhandel eine praktische Gehhilfe, den Watstock. Wer nur die Hälfte bezahlen will, kauft sich allerdings einfach einen Nordic-Walking-Stock. Die lokalen Angler nannten diese Stöcke *Pensionistenpinnen* und dabei war ein leicht verächtlicher Unterton nicht zu überhören.

Nicht nur deshalb verzichtete ich auf so einen Watstock, sondern auch, weil ich es äußerst lästig fand, dieses Ding die ganze Zeit beim Fischen am Gürtel baumeln zu haben. Und schließlich kannte ich eine ganze Handvoll Angler, die beim Angeln in den Wellen tatsächlich über ihren eigenen Watstock gestolpert waren.

Leif brauchte so ein Ding natürlich nicht. Trotz seines hohen Alters verließ er sich lieber auf sein Körpergefühl. Er hatte sein ganzes Leben hier draußen verbracht, und selbst jetzt, mit sechsundachtzig Jahren, sahen seine Bewegungen immer noch sehr grazil und sicher aus, auch wenn er jetzt wesentlich mehr Zeit brauchte als früher, um auf das Riff hinauszukommen. Alle paar Meter legte er eine kurze Pause ein und atmete ein paarmal tief durch. Es war ein stolzer Mann, mit dem ich da auf dem Riff unterwegs war. Ein Mann, den ich zutiefst bewunderte.

≈

Hier und da gab es kleinere Seegrasflächen auf dem Riff und das waren die idealen Steh- und Angelflächen. Auf ihnen hatte man einen sicheren Stand und konnte die anrollenden Wellen besser austanzen.

Auf der östlichen Seite des Riffs wurde das Wasser langsam tiefer. Einer Rampe gleich, schufen die Sandsteinplatten, die unter den Steinen lagen, einen sanften Übergang zwischen Wasser und Land.

Ganz anders dagegen sah es auf der Westseite des Riffs aus. Hier brach die Sandsteinformation abrupt ab und eine steile Kante hatte sich gebildet. Von einem auf den nächsten Schritt änderte sich hier die Wassertiefe von einem halben auf vier Meter. Das war auch die Falle, die den meisten Meerforellenanglern auf dem Riff zum Verhängnis wurde. Bei Seewind und kräftigen Wellen aus östlichen Richtungen wurden sie von dem auflaufenden Wasser einfach über die westliche Riffkante geschoben. Die andere Hälfte der Watangler, die sich auf dem Riff versenkte, stolperte ganz einfach über einen der vielen glatten Steine oder eben über den eigenen Watstock …

„Jetzt sind wir zweihundert Meter vom Ufer entfernt.“ Leif blickte sich kurz um, als wir einen der dicken Stehsteine weit draußen auf dem Riff passierten. Vor den letzten fünfzig Metern nahm Leif mein Angebot an, sich bei mir einzuhaken.

„Zweihundert Meter!“, wiederholte ich diese imposante Zahl, denn noch nie war ich so weit aufs Meer hinausgewatet.

Wir standen jetzt hüfttief im Wasser und wollten ihm eine Meerforelle abringen, einen jener Fische, die so gern zum Fressen an die Riffe kamen.

Bei meinen ersten zwei Reisen auf die Insel hatte ich viel über die Meerforellen und ihre Lebensgewohnheiten gelernt, sodass ich nun wusste, worauf ich mich einließ. In Fachkreisen wurde die Meerforelle auch *Der Fisch der tausend Würfe* genannt, denn man musste seine Angel manchmal gefühlt tausendmal auswerfen, um eine Meerforelle an den Haken zu bekommen. Dann war der Fisch allerdings noch nicht sicher gelandet …

Aus Langeweile hatte ich mir während der Fährüberfahrt einmal ausgerechnet, was diese Aussage in der Praxis bedeutete. Ich war davon ausgegangen, dass ein Wurf, der halbwegs ordentlich durchgezogen und dann auch vollends zu Ende gefischt wird, rund zweieinhalb Minuten Zeit in Anspruch nimmt. Tausend Würfe würden demnach rund zweitausendfünfhundert Minuten brauchen. Wer also eine Meerforelle fangen will, muss im schlechtesten Fall von zweiundvierzig Stunden reiner Angelzeit oder einer Woche am Meer ausgehen, bis er einen Fisch an den Haken bekommt.

≈

Der alte Mann und ich angelten diesmal nicht, wie auf unseren ersten beiden Reisen, mit der Spinnrute, sondern wir wollten dieses Mal mit der Fliegenrute angreifen. Das war eine durchaus anspruchsvolle Methode, Fische im Meer zu fangen, denn die leichten Küstenfliegen wurden allein durch die Flugschnur hinausgetragen. Die Schnur war das Wurfgewicht. Also galt es, mit drei, vier Schwüngen mehr und mehr Schnur möglichst gestreckt in die Luft zu bekommen, sie zu beschleunigen und dann schießen zu lassen.

Wer konnte, der beschleunigte seine Schnur in der Vorwärts- und in der Rückwärtsbewegung der Rute, und wenn alles gut ging, konnte die Schnur samt Köder schon mal dreißig Meter weit fliegen. Im Idealfall lag die Schnur dann auch noch gerade auf dem Wasser, und nur die Fliege, die am Ende eines drei Meter langen Vorfachs an die Flugschnur angeknotet war, versank langsam im Meer.

Anschließend musste die Schnur in kurzen, schnellen Zügen mit der Hand wieder eingestrippt und so die künstliche Fliege am Ende der Schnur in Bewegung gehalten werden.

Ich liebte das Fliegenfischen, obwohl ich kein allzu großer Wurfkünstler war. Bei mir machte sich schon tiefe Zufriedenheit breit, wenn ich einen gestreckten Zwanzig-Meter-Wurf hinbekam. Wer mit der Fliegenrute am Meer auftauchte, der brauchte also sehr viel Vertrauen, dass ihm die Fische im Wasser sehr, sehr nahe kommen würden. Und manchmal taten sie das auch …

Ich genoss den Augenblick. Das Rauschen des Meeres um mich herum, das sirrende Schießen der Flugschnur, die Anwesenheit von Leif und das Salzwasser an meinen Händen. Im Meer war ich in meiner Mitte, und ich empfand es als regelrechte Auszeichnung, dass Leif jetzt neben mir hier draußen stand.

≈

Zwei Fischkutter passierten die Untiefentonne des Riffs. In ihrem Gefolge tobte ein wild kreischender Möwenschwarm. Die Vögel kämpften um die Fischinnereien, die über Bord geworfen wurden. Sie schnappten, zerrten und stritten, als ob es morgen nichts mehr gäbe. Hatte ein Vogel ein Stück erwischt und nicht sofort verschlungen, riss es ihm ein anderer wieder aus dem Schnabel. Zeit für Genuss gab es da nicht.

Ich merkte nur zu deutlich, dass ich meine Fliegenrute lange Zeit nicht in Händen gehalten hatte, denn die Zwanzig-Meter-Marke erreichte ich auch nach einer Stunde Werfen immer noch nicht. Egal.

Leif hatte in der Zeit vielleicht ein Fünftel meiner Wurfzahl erreicht. Immer wieder steckte er zwischendurch die Küstenfliege in den Kork seines Rutengriffes und machte eine Pause.

Wir standen in dieser friedlichen Welt aus endlosem Horizont und sanft hereinrollenden Wellen, aber es hatte sich bisher nicht ein einziger Fisch gezeigt, geschweige denn auf unsere ausgeworfenen Köder gebissen.

Vielleicht waren auch die Seehunde immer noch in Riffnähe unterwegs. Seehunde im Meer sind wie Vogelscheuchen auf dem Acker; sie vertreiben die Flossenträger. Der einzige mir bekannte Mensch, der in Anwesenheit von Seehunden eine Meerforelle gefangen hatte, war *Bäumepflanzer*. Und dasselbe Kunststück gelang ihm doch tatsächlich auch zwischen drei jagenden Schweinswalen. Aber *Bäumepflanzer* gehörte auch zu den Küstenanglern, die selten mehr als dreißig Würfe für den Fang einer Meerforelle brauchten …

„Die Fische schwimmen bestimmt da draußen rum." Ich sah kurz zu dem alten Mann hinüber und zeigte dabei auf eine gelbe PET-Flasche, die außerhalb unserer Wurfweite auf der Wasseroberfläche vor sich hin dümpelte. Ein Stück Plastik, achtlos ins Meer geworfen.

Leif schaute zu der Flasche und musste lachen. „Tja, wie weit kannst du werfen?" Er fixierte mit einem kurzen Blick den Abstand zwischen uns und der Flasche.

„Hmmm, bei perfekten Bedingungen vielleicht so fünfundzwanzig Meter", sagte ich und fügte schnell noch hinzu, dass zu diesen perfekten Bedingungen das optimale Gerät, ein leichter Rückenwind und natürlich eine gute Tagesform gehörten. Schließlich hatte der alte Mann meine Bemühungen in der letzten Stunde ja miterlebt …

„Okay, fünfundzwanzig Meter also", nickte er. „Du kannst diese fünfundzwanzig Meter in alle Richtungen werfen. Nach vorne, nach links, nach rechts und nach hinten." Leif zeigte mit seiner Angelrute in die jeweils entsprechende Richtung. „Du stehst also im

Mittelpunkt eines Kreises mit einem Radius von fünfundzwanzig Metern, und die Fische, die du fangen kannst, schwimmen innerhalb dieses Kreises, richtig?" Er beschrieb mit seiner rechten Hand einen imaginären Kreis.

„Ja …?", sagte ich, aber ich merkte selbst, dass es eher nach einer Frage klang.

Leif sah mich an, dann wieder die Flasche. „Zu diesem Kreis gibt es so einige Wahrheiten, die sehr einfach klingen und doch so oft vergessen oder gar nicht erst entdeckt werden."

Jetzt war es also so weit – Leif würde mich an einer seiner unschätzbaren Weisheitsperlen teilhaben lassen. Gespannt steckte ich meine Fliege ebenfalls in den Korkgriff der Rute.

„Die erste Wahrheit ist, dass *du* der unverrückbare Mittelpunkt dieses Kreises bist. Du kannst nach links gehen, nach rechts gehen, schnell oder langsam laufen – du wirst immer der Mittelpunkt des Kreises sein."

Ich schloss kurz die Augen und ließ das Bild wirken. „Warum ist das so wichtig?" Ich konnte der Sache im Augenblick noch nicht viel abgewinnen.

„Stell dir vor, dieser Kreis spiegelt in unserer alltäglichen Welt das *Hier und Jetzt* wider", erklärte Leif sein Bild weiter. „Unser ganzes Leben – alles, was wir erleben, alles, was wir fühlen, alles, was wir kreieren – fand und findet stets innerhalb dieses Kreises statt, niemals außerhalb."

„Du meinst, um es in der Sprache des Angelns auszudrücken: Alles, was wir jemals an den Haken bekommen haben oder bekommen werden, haben wir immer im Hier und Jetzt gefangen?"

„Ja. Der Augenblick, in dem sich ein Fisch deinen Köder packt, ist niemals in der Vergangenheit oder in der Zukunft, er findet immer und ausschließlich genau im Hier und Jetzt statt."

„Und dann gehen einem die dicken Fische durch die Lappen, weil man mit seinen Gedanken ganz woanders ist." Langsam fand ich Gefallen an dem Bild.

„Ja, denn du fokussierst dich nicht auf die Fische in deinem Kreis. Du wirst unkonzentriert, und wenn tatsächlich ein Fisch beißen sollte, bist du mit deiner Aufmerksamkeit ganz woanders und wirst ihn wahrscheinlich verlieren."

„Ist ja logisch!" Diese Wahrheit leuchtete mir zumindest vordergründig ein. *Unkonzentriert* – schon in dem Wort steckte auch *unzentriert*, also genau das, was geschah, wenn ich gedanklich den Kreis, das Hier und Jetzt, verließ und mich beim Angeln auf die PET-Flasche ausrichtete. Dann verließ ich mein Zentrum, meine innere Mitte. Eigentlich eine klare Angelegenheit – aber im wirklichen Leben eine gar nicht so leichte Übung.

Leif schaute mich an. „Ja, es klingt logisch und so einfach und man hat es schon tausendmal gehört – und doch ist es eine der schwersten Übungen für viele Menschen, wirklich zu fühlen und anzunehmen, dass ihr Leben im Hier und Jetzt, und nur dort, stattfindet."

≈

Mittlerweile warfen wir unsere Angeln gar nicht mehr aus, sondern standen einfach nur im Meer, vertieft in unser Gespräch. Zwei Enten trauten sich so dicht an uns heran, dass die mutigere der beiden längst in meinem Kreis herumschwamm.

„Doch noch was los in meinem Kreis", sagte ich mit schmunzelndem Blick auf die Ente.

„In deinem Kreis pulsiert eben das wahre Leben!", lachte Leif und strich mit dem Zeigefinger über seine Fliege.

„Warum ist es bloß so schwer, im Hier und Jetzt zu leben?", kehrte ich zu unserem Gespräch zurück und kramte einen Schokoriegel aus der Innentasche meiner Watjacke hervor.

„Weil die meisten Menschen sich auf die Flaschen fokussieren", sagte der alte Mann mit einem suchenden Blick zum Auslöser unseres Gesprächs. Die Flasche dümpelte immer noch in Blickweite, aber weiterhin außerhalb unserer Wurfweite vor sich hin.

„Und was sind solche Flaschen in unserer alltäglichen Welt?", fragte ich. „Was holt uns aus unserem Kreis heraus?"

„Es gibt zwei Arten von Ablenkungsflaschen im Alltag." Leif lächelte mich an. „Die eine heißt *Vergangenheit* und die andere *Zukunft.* Andere gibt es nicht. Unter der Vergangenheit liegt die Welt der Wunden und unter der Zukunft liegt die Welt der Ängste. Egal, ob du dich entscheidest, in deinen Wunden zu verharren oder in deinen Ängsten zu leben – es sind in jedem Fall immer deine Gedanken, die dich aus deinem Kreis herausbringen."

Leif drehte sich um, zog die Fliege aus dem Korkgriff seiner Rute und mit drei, vier Schwüngen lag seine Schnur wieder gestreckt auf dem Wasser. Dann begann er mit kurzen Zügen die Fliege wieder einzustrippen. Bei ihm sah es so einfach und so fließend aus, wie die Schnur ihm gehorchte. Der alte Mann war wahrlich ein begnadeter Fliegenfischer.

Jetzt schwamm auch die zweite Ente in meinem Kreis. „Du meinst also, statt im Hier und Jetzt zu leben, in der Gegenwart zu sein, sind viele Menschen in der Vergangenheit oder in ihren Zukunftsängsten unterwegs?" Ich hatte die Flasche immer noch nicht aus den Augen verloren. Jetzt zog auch ich die Fliege aus dem Kork und brachte den Köder wieder ins Wasser.

Ich warf zwar nicht so weit und nicht so schön gestreckt wie Leif, aber nach drei Zügen lag die Schnur wieder ohne Bogen auf der Wasseroberfläche. Drei Züge, in denen besser keine Meerforelle meine Fliege attackierte, denn der Anhieb würde durch den Schnurbogen völlig ins Leere gehen. Nur bei einer gestreckten Schnur konnte der Haken auch im Fischmaul fassen. Manchmal schien es so, als wüssten die Fische das.

„Ja, so ist es." Leif nickte zu mir herüber. „Natürlich stehen diese Menschen mit ihren Körpern unverrückbar in der Mitte ihres Kreises, das geht ja auch nicht anders. Aber ihre Gedanken sind frei. Sie können in der Vergangenheit unterwegs sein, dem Körper ein bisschen die Zeit im Hier und Jetzt vertreiben oder in der Zukunft herumschwirren. In Sekundenbruchteilen sind Zeitreisen von unvorstellbaren Ausmaßen möglich." Er klemmte sich die Rute wieder unter die Schulter.

„Ich habe hier am Meer immer wieder Begegnungen mit Männern gehabt, die mit mir auf dem Riff standen … und mit ihren Gedanken doch ganz woanders waren. Ich habe es an ihren Würfen gesehen, an den Fischen, die sie verloren haben, und an ihren unkonzentrierten, leeren Blicken", erinnerte Leif sich.

Ich musste in diesem Moment an die Molengänger denken. Sie waren ebenfalls nicht im Hier und Jetzt, in ihrer Gegenwart. Sie haderten mit dem Wetter und stritten so mit dem, was war, weil ihr Verstand es nicht annehmen wollte oder konnte. Was sie wollten, war die totale Kontrolle, und die gab es nicht. Das hatten sie nur, im Gegensatz zu den Fischern, noch nicht ganz begriffen.

„Im letzten Frühjahr habe ich an der Nordküste ein beeindruckendes Beispiel für Kontrolle und Hingabe miterlebt", fiel Leif ein, nachdem ich meine Gedanken über die Molengänger mit ihm geteilt hatte.

„Es war an einem Morgen im April. Der Wind hatte über Nacht etwas aufgefrischt, und ich war früh aufgestanden, denn die

Angelbedingungen waren perfekt für ein kleines Steinriff an der Nordküste der Insel. Als ich in der Morgendämmerung den Strand erreichte, war dort bereits ein Mann. Erst beim zweiten Hinsehen bemerkte ich, dass er halb nackt war. Seine Watjacke hing über dem Ast einer Strandkiefer, genauso wie seine Wathose, sein dicker Fleecepullover und zwei Wollstrümpfe. Aus den Kleidungsstücken tropfte jede Menge Wasser und auf einem flachen Strandstein lag der Inhalt seiner Watjacke – alles patschnass. Seine Fliegen dümpelten in den vollgelaufenen und aufgeklappten Köderboxen vor sich hin. Drei, vier Blätter Papier, die daneben lagen, waren gerade in Auflösung begriffen. Es waren die Ausdrucke eines Wetterdienstes: Windvorhersage, Strömungsvorhersage und die Wetter-Langzeitprognose für die Region.

‚Schöne Scheiße!', begrüßte mich der Mann. ‚Eine riesige Welle, die wie aus dem Nichts auftauchte, hat mich mit voller Wucht erwischt und vom Riff gespült.'

Dieser Platz war bekannt für seine großen Dünungswellen und daher überraschte mich die Geschichte des Mannes überhaupt nicht. ‚Oh, ja! Es gibt gerade hier an der Nordküste Dünungswellen, die sich wirklich mächtig aufbauen können.'

‚Aber wie kann das sein? Ich habe die letzten drei Tage ständig die Wetterdienste gecheckt und zwischenzeitlich immer wieder upgedated', begann der Mann mich in seine Vorbereitungen einzuweihen. ‚Die Wetterdienste waren sich einig, dass es am Riff heute Morgen Wellenhöhen zwischen dreißig und fünfzig Zentimetern geben würde, dazu einen leicht ansteigenden Wasserstand, klares Wasser und nur eine geringe Oberflächenströmung.'

Empört zeigte der Mann auf die quatschnassen Zettel zu unseren Füßen. ‚Zur Sicherheit nahm ich einen Watstock mit auf das Riff, band mir einen Watgürtel um und schraubte schon zu Hause Spikes unter meine Watschuhe, um meine Gehsicherheit zusätzlich zu erhöhen. Bevor ich auf das Riff hinausging, beobachtete ich eine Zeit lang die Wellen und ihr Ausrollen auf dem Riff. Ich wollte absolut sichergehen, dass ich nicht in Gefahr geraten würde. Und dann das! Eine einzige, nicht vorhersehbare Welle haut mich vom Riff! Wie kann das angehen?‘ Der Mann schaute mich völlig fassungslos an. Vor mir stand ein Mann, dem das Universum einen Strich durch seinen Plan und durch seine vermeintliche Planungssicherheit gemacht hatte.“

Leif schaute mich augenzwinkernd an. „In Gedanken nannte ich ihn damals *Der, der auf alles vorbereitet ist*. Er verlässt sich nicht gern auf andere, weil ihm das Vertrauen und die Hingabe an das Leben irgendwann abhandengekommen sind und damit auch das Vertrauen auf andere Menschen und auf Gott. *Der, der auf alles vorbereitet ist* glaubt tatsächlich, das Leben selbst kontrollieren zu können und zu müssen und mit ihm sogar das Meer. Sein Leben ist ein einziger Überlebenskampf, weil sein Verstand überall den Tod befürchtet, und deshalb hat *Der, der auf alles vorbereitet ist* immer alles dabei: Pflaster, Landkarten, Schraubenschlüssel, Isolierband, Schmerztabletten, Sonnencreme, die wirklich hochwertigen Müsliriegel, ein scharfes Messer, Handschuhe, die richtigen Apps, ein Leatherman-Tool und sein ganzes profundes Fachwissen aus Outdoor- und Reisemagazinen in digitaler und gedruckter Form. Kein Testsiegerprodukt, egal, welcher Kategorie, ist ihm fremd, angefangen von einfachen Gaskochern über Polarisationsbrillen bis hin zu Trinkflaschen und Rucksäcken. Wenn er mit anderen unterwegs ist, ist er die erste, spätestens die zweite Anlaufstelle, wenn in der Gruppe irgendetwas fehlt. Und er ist tatsächlich auf jede Situation, jedes Problem, jede Aufgabe materiell perfekt vorbereitet. Er enttäuscht die anderen Menschen bei kaum einer Materialanfrage und so wird sein ganzes Geraffel auch zu einem Quell der Zuneigung und Achtung für ihn selbst. Eine Liebe und eine Achtung, die ihm zuteilwerden, weil seine Ängste sein Leben bestimmen. *Der, der auf alles vorbereitet ist* hat zwar alles dabei, aber er hat kein Vertrauen. Nicht auf andere und nicht auf das Leben. *Der, der auf alles vorbereitet ist* verlässt sich nur auf sich selbst. Sein Lebensmotto heißt: *Lieber Gott, lass mich mal machen!* Und wenn er mit anderen zusammen ist, dann redet er sehr viel, denn er fürchtet die Stille. Weil er Angst vor seinen Ängsten hat, die er dann hören könnte", schloss der alte Mann seine Geschichte.

„Wobei es ja durchaus verantwortungsvoll und ratsam ist, sich auf Reisen, Projekte oder neue Aufgaben gut vorzubereiten", sagte ich. Ich erinnerte mich an das *Rad der Jagd,* in das Leif mich auf meiner ersten Reise eingeführt hatte und in dem die gute Vorbereitung ein wichtiger Faktor gewesen war.

„Absolut", nickte Leif. „Das steht ja völlig außer Frage! Hier geht es aber um das *Drüber* an Vorbereitung. Um dieses Sichverlieren in der *Was-wäre-wenn-Welt.* Die *Was-wäre-wenn-Welt* liegt außerhalb des Kreises, sie liegt in der Zukunft und wird bestimmt von Ängsten. In dieser Welt sind mehr Menschen unterwegs als in der gegenwärtigen Welt, im Hier und Jetzt!"

„Das klingt spannend!" Erwartungsvoll blickte ich den alten Mann an.

„Weißt du, das Dramatische an der Geschichte ist nun einmal, dass die *Was-wäre-wenn-Welt* quasi ein Fass ohne Boden ist. Egal, was du tust, egal, wie gut du dich vorbereitest – es kommt immer der Punkt, an dem du dich einfach hingeben musst. Und *Der, der auf alles vorbereitet ist* denkt tatsächlich, diesen Punkt gibt es nicht. Deshalb war diese eine Welle eine Einladung an ihn, endlich aufzuwachen, sich selbst wieder zu begegnen und seinen Ängsten ins

Gesicht zu schauen. Jeder Watangler hier draußen muss sich hingeben. Genauso wie jeder Bergsteiger, jeder Läufer, jeder Kiter – nach einer Vorbereitung, die auf der eigenen Erfahrung, der eigenen Kraft und dem eigenen Vermögen fußt, muss man an den Punkt kommen, ab dem man die Dinge einfach geschehen lässt und sich diesem Geschehen hingibt. Hingabe ist Vertrauen auf das Leben selbst."

Leif lachte leise in sich hinein, als ihm noch etwas einfiel: „Als ich mal mit einem der Männer mit den hoffnungslosen Blicken auf einem Riff stand und er mit seinen Gedanken irgendwo anders unterwegs war, fragte er mich, was eigentlich wäre, wenn ich hier draußen im Meer plötzlich ohnmächtig würde. Ich hatte mir diese Frage noch nie im Leben gestellt. Es war eine *Was-wäre-wenn-Frage*… Ich vertraue meinem Körper, meinem Gefühl, meinem Handwerkszeug und meiner Erfahrung. Alles andere liegt nicht in meiner Hand, es liegt in Gottes Hand. So einfach ist das – und anscheinend doch so schwer…"

Wie sehr Leif tatsächlich auf dieses Prinzip vertraute, konnte man schon daran sehen, dass er mit seinen sechsundachtzig Jahren immer noch allein auf den Riffen unterwegs war. Jedenfalls bis zum heutigen Tag…

„Diese Geschichte erzählt eben auch davon, dass dein Herz, dein innerer Kern, gemeinsam mit deinem Körper in der Mitte deines Kreises darauf wartet, dass dein Verstand nach Hause kommt – zurück aus der Welt der Ängste oder aus der Welt der Wunden", kam der alte Mann zurück zu unserer Ausgangsgeschichte. „Dein Herz lebt immer im Hier und Jetzt, genauso wie dein Körper! Dein Herz, in dem dein inneres Wissen lebt, weiß um die Notwendigkeit der Hingabe und des Vertrauens auf das Leben. Diese Hingabe und dieses Urvertrauen sind die Quelle deines ganzen Daseins, und dazu gehört es auch anzunehmen, dass dein Leben endlich ist. Wenn du das tust, hörst du auf, gegen dein inneres Wissen zu kämpfen. Das ist der aussichtslose Kampf, den *Der, der auf alles vorbereitet ist* tagtäglich ausfechtet. Er kämpft gegen die Endlichkeit seines Lebens und vergisst dabei sein Leben selbst."

≈

Plötzlich hob Leif mit einem kurzen Ruck die Fliegenschnur vom Wasser. „Nur Kraut!", grinste er. „Aber das Leben ist da. Im Hier und Jetzt, in diesem Augenblick. Und das ist die Entscheidung, die jeder Mensch immer wieder in seinem Leben fällen muss: Lasse ich mich von der Angst jagen oder von der Liebe tragen? Folge ich der Angst oder folge ich der Liebe ... und damit dem, für was ich gemacht bin? Das eine sind die Flaschen außerhalb des Kreises und das andere ist der Mittelpunkt deines Kreises!" Leif lächelte mich vielsagend an.

„Das habe ich auch immer wieder beim Angeln erlebt. Die Männer, die ganz da waren – kraftvoll, ihrer Intuition vertrauend und mit hundert Prozent bei der Sache –, haben Fische gefangen. Denn die Intuition ist frei von Angst, frei von Verletzungen; sie gibt sich dem Leben hin. Die Intuition und der Körper wissen schon Bescheid – und sie warten auf den Verstand. Sie warten darauf, dass er sich wieder auf das Hier und Jetzt einlässt. Im Hier und Jetzt sein heißt, in seiner Liebe sein", schloss Leif seine Geschichte.

„Das ist auch eine wunderbare Gute-Nacht-Geschichte für die Molengänger!", lächelte ich zurück und sah noch einmal auf die dümpelnde Flasche hinaus. Sie war immer noch gut zu sehen.

„Vielleicht kann ich ja doch noch ein Stückchen auf die Flasche zuwaten." Ich begann, die Entfernung zur Flasche und meine anglerischen Fähigkeiten gegeneinander abzuwägen. „Zwanzig Meter sind bestimmt noch drin." Prüfend schaute ich auf das Riff und das hüfttiefe Wasser vor meinen Füßen. „Und wenn ich dann einen halbwegs ordentlichen Wurf hinlege, erreiche ich die Flasche vielleicht."

„Vielleicht, aber das ändert ja nichts daran, dass du der Mittelpunkt des Kreises bist und bleibst!", entgegnete Leif trocken und schien mit meinem Vorhaben nicht viel anfangen zu können.

Und tatsächlich, es waren keine zwanzig Meter mehr drin. Irgendwo zwischen Meter dreizehn und vierzehn begann mir das Wasser von oben langsam in die Wathose zu kriechen. Ich wollte mir aber das kühle Nass am Körper nicht anmerken lassen und versuchte mit zwei, drei Zügen, die Schnur in die Luft zu bekommen und zu beschleunigen. Der Wurf misslang völlig und ich musste über mich selbst lachen.

Der alte Mann hatte sich das ganze Spektakel seelenruhig angeschaut und fing ebenfalls herzhaft an zu lachen. Die PET-Flasche blieb unerreicht.

Plötzlich tauchte einer der jungen Seehunde hinter der Flasche auf und schaute mich mit seinen großen, kugelrunden Augen neugierig an.

Die Fischvertreiber waren also tatsächlich die ganze Zeit in Riffnähe gewesen. *Bäumepflanzer* hatte dieses Gefühl, wenn Seehunde sich an den Angelplätzen rumtreiben und sich doch nicht blicken lassen, einmal in dem Satz zusammengefasst: *„Du hast irgendwie die ganze Zeit das Gefühl, dich beobachtet jemand!"*

„Okay. Gehen wir zurück an den Strand?" Ich drehte meinen Kopf und sah einen lächelnden Guide. Mit kurzen Trippelschritten kehrte ich rückwärts in meine Ausgangsposition zurück. Wenn ich mich auf der Stelle umgedreht hätte, wäre der Wassereinbruch wohl ungleich größer ausgefallen.

„Sehr gute Idee", rief Leif, ohne mich dabei aus den Augen zu lassen.

Später erzählte er mir, dass jedes Jahr ein, zwei Angler beim Watangeln auf der Insel ums Leben kommen. Ein Stolpern, und wenn sie ihre Jacken nicht gut verschlossen haben und keinen Watgürtel um den Bauch tragen, kann es passieren, dass ihre Wathosen in Sekundenschnelle voll Wasser laufen und die Hose wie ein Ballon Auftrieb bekommt. Die Angler verlieren das Gleichgewicht und ertrinken, weil sie das Wasser nicht mehr aus der Wathose bekommen und ihren Oberkörper nicht mehr aufrichten können.

Leif wollte einfach sichergehen, dass ich beim Rückwärtswaten nicht stolperte. Ich trug allerdings einen Watgürtel und meine Jacke war dicht verschlossen.

≈

Wir machten uns gemeinsam auf den Rückweg zum Strand, und es dauerte eine ganze Weile, bis wir das Ufer wieder erreichten. Ich fand es unhöflich, dem alten Mann davonzuwaten, und hielt mich an sein Tempo und an seine Pausen.

Aber irgendwann schaute mich Leif mit einem sanftmütigen Blick an und sagte: „Geh doch schon vor zum Ufer. Ich möchte gern noch etwas allein auf dem Riff sein!"

Im ersten Moment war ich überrascht, aber ohne weiter darüber nachzudenken, kam ich seiner Bitte nach.

Beim Waten dachte ich erneut über das Bild des Kreises nach. Ein Kreis, in dem ich mich befinde, immer befunden habe und auch immer befinden werde. Jedenfalls mein Körper und mein Herz. Und es stimmte, was der alte Mann über die Gedankenreisen der Menschen in die Vergangenheit und die Zukunft gesagt hatte.

Es war noch gar nicht so lange her, dass ich auch so ein verlorener Gedankenreisender gewesen war.

Wie oft hatte ich früher bei traumhaften Bedingungen im Meer gestanden und war mit meinem Kopf doch ganz woanders gewesen. Statt die Zeit zu genießen und das pralle Leben mit allen Sinnen in mich aufzusaugen, sorgte ich mich über meine zukünftigen Kontostände, meine Altersvorsorge oder den kleinen Leberfleck auf meinem Unterarm. Oder ich rührte tatsächlich in den unverheilten Wunden der Vergangenheit herum, haderte mit Fehlern, die meine Eltern gemacht hatten, hing verpassten Jugendlieben nach und fragte mich immer wieder, wie mein Leben wohl mit einem besseren Schulabschluss ausgesehen hätte.

Ich war zwar am Meer, doch als Gedankenreisender war ich eigentlich nie richtig da gewesen, war niemals ganz gegenwärtig. Und so erging es mir schließlich irgendwann auch in allen anderen Bereichen. In meinem Büro, in meiner Ehe, beim Spielen mit meinen Kindern, beim Gespräch mit dem Nachbarn: Mein Körper und mein Herz waren da, aber mein Verstand machte sich ständig davon, entweder in die Welt der Wunden oder in die Welt der Ängste.

Zu Hause warteten damals meine Söhne darauf, dass ich endlich ans Stammesfeuer zurückkehrte und ihnen Geschichten erzählte, wie sie nur ein Vater seinen Söhnen erzählen kann. Geschichten von Piraten, Abenteurern, Kriegern und Indianern. Geschichten von Mut, Freiheit, Abenteuerlust. Geschichten voller Wildheit, Kraft und liebevollem, männlichem Stolz.

Hatte ich mir in ihren ersten zwei, drei Lebensjahren noch die Geschichten aus Kinderbüchern ausgeliehen, ging mir auf ihrer weiteren Lebensreise mehr und mehr der Stoff aus, aus dem die Träume sind. Und irgendwann erzählte ich dann gar keine Geschichten mehr …

Meine Söhne saßen an einer kalten Feuerstelle und hofften darauf, dass unser Zuhause endlich wieder zu einem Kraftplatz werden würde. Zu einem Ort, an dem sie ihrem Vater begegneten, sich geliebt und gesehen fühlten. Und als ich nicht kam, suchten meine Söhne sich ihre Geschichten und Kraftplätze anderswo. Sie suchten in ihren Spielkonsolen und im Internet, aber da wurden sie nicht fündig, denn das war nicht das Feuer, nach dem ihr Herz sich sehnte. Sie fanden dort nicht die Geschichten, die sie für ihr inneres Wachstum brauchten.

Und so verloren sich meine Söhne jahrelang in ihrer Sehnsucht und ich brannte aus, wie das Feuer unserer Familie. Irgendwann gab es niemanden mehr, der am Feuer wartete. Niemanden mehr, der das Feuer pflegte, und niemanden mehr, der an diesem Feuer Geschichten erzählte.

„*Die Vergangenheit ist die Welt der Wunden und die Zukunft ist die Welt der Ängste*", wiederholte ich leise für mich, „*aber das Leben findet immer im Hier und Jetzt statt.*"

≈

Leif ließ sich ganz schön viel Zeit. Immer wieder blieb er für einen kurzen Moment stehen, und es schien fast, als würde er mit jemandem sprechen. Und plötzlich begriff ich, was da draußen auf dem Riff gerade passierte. Mir schossen die Tränen in die Augen: Ich beobachtete eine Abschiedsszene! Leif war dabei, sich vom Meer und seinem Leben am Wasser zu lösen …

Natürlich war mir klar, dass Leifs Lebensspanne begrenzt war, aber das hier, dieser konkrete Abschied, traf mich doch unvorbereitet. War er krank oder spürte er, dass es zu Ende ging?

Als Leif schließlich zurück ans Ufer kam, nahm ich ihn in die Arme, und er ließ es geschehen. Das war ein unendlich lebendiger Moment!

Das Bild, wie er allein draußen auf dem Riff stand, trage ich für immer in meinem Herzen.

Wir hängten unsere Watjacken und -hosen zum Trocknen über den kniehohen Terrassenzaun und setzten uns, nur in Fleeceklamotten und mit einem Becher Kaffee in der Hand, auf die Holzbank vor dem Ferienhaus.

Wir sprachen nicht über das, was eben auf dem Riff passiert war. Ich hatte zwar eine Menge Fragen, aber es gibt im Leben Momente, die man besser fühlt, als dass man sie zerredet und ihnen damit den Zauber nimmt.

Über dem Riff waren ein paar Möwen auf der Jagd. Ein Schwarm junger Heringe zog auf der Westseite direkt über eine angrenzende Sandbank. Von oben waren die dunklen Rückenschatten der kleinen Fische gut auszumachen und die Möwen stießen zielsicher mit voller Geschwindigkeit kopfüber in den Schwarm hinein.

Zunächst teilten drei, vier Möwen den Schwarm unter sich auf, aber es sollte nur ein paar Minuten dauern, und der Himmel über dem Riff war voll mit Silbermöwen. Reihenweise verschwanden die kleinen Fische in den gierigen gelben Schnäbeln der Räuber, und die Jagd war erst beendet, als der Fischschwarm endlich den Weg zurück in das tiefere Wasser gefunden hatte. Der Großteil der Möwen flog daraufhin wieder dorthin, wo sie hergekommen waren.

Ich ging zu meiner Watjacke und holte meine Fliegenbox heraus, denn bei meinem Versuch, die Flasche anzuwerfen, hatte ich meine Köderbox genauso versenkt wie der Mann auf dem Steinriff an der Nordküste … *Der, der auf alles vorbereitet ist.*

Als ich die Box aufklappte und umdrehte, schwappte eine Handvoll Salzwasser auf die Holzterrasse.

„Oh, zeig mal deine Köder!“ Leif streckte mir neugierig seine Hand entgegen und ich reichte ihm die Box.

„Die sehen wirklich klasse aus.“ Der alte Mann warf einen bewundernden Blick auf meine selbst gebundenen Fliegen. „Besonders die hier!“ Damit hielt er mir freudestrahlend eine meiner *Polar-Magnus*-Fliegen entgegen. Sie war wirklich alles andere als perfekt gebunden, aber Leif gefiel sie.

„Ich schenke sie dir“, lächelte ich zurück und er steckte sich die Fliege glücklich in seine Box.

Wir saßen auf der Terrasse, tranken Kaffee und schauten aufs Meer. Der Tag klang in Frieden aus … der Tag, an dem der alte Mann zum letzten Mal in seinem Leben auf einem Riff im Meer gestanden hatte.

Der zweite Tag

Die Welt der Wunden und Ängste

Ich habe herausgefunden: Wenn du das Leben liebst, liebt es dich zurück.

Arthur Rubinstein

Ich wurde von einem wilden, aufgeregten Kreischen geweckt. Zwei Krähen versuchten, einen Bussard aus ihrem Revier über den Dünen zu drängen. Laut pöbelnd und mit jeder Menge Aggression unter den Flügeln griffen sie den majestätischen Greifvogel immer wieder an.

Im Frühsommer war dieses Verhalten nichts Außergewöhnliches, weil die Krähenjungen dann flügge wurden und die Alttiere alles taten, um sie zu beschützen. Aber jetzt im Herbst?

Egal, der Bussard war geschickt und weise genug, sich erst gar nicht auf diese Anfeindungen einzulassen. Stürzten die Krähen auf ihn zu, ließ er sie gewähren und zog erst im letzten Moment den Kopf ein. Die wütenden Vögel flogen ins Leere und der Bussard zog weiter majestätisch seine Kreise.

Das Meer erstrahlte im Sonnenschein. Nur einige kleinere Wolkenfelder warfen ihre Schatten auf die spiegelglatte Wasseroberfläche. Sie zogen Richtung Norden.

Ich setzte mich mit einem Becher Kaffee auf die Terrasse und skizzierte das lange Riff auf einer Doppelseite in mein Tagebuch. Es war eines jener Skizzenbücher, die angeblich auch Ernest Hemingway schon in jungen Jahren für seine Aufzeichnungen genutzt hatte. Das Buch verband mich mit Hemingway und mit dem Meer.

Ich zeichnete die Liege- und die Stehsteine ein, platzierte Seegrasfelder, Sandbänke, Stellen mit Blasentangbewuchs, kleinere Untiefen … und an neun Punkten trug ich auch die Wassertiefe ein. Das waren ziemlich präzise Angaben, denn schließlich waren wir am gestrigen Tag das komplette Riff abgewatet. Und auch die Schwäne, die um das Riff herum auf Futtersuche waren, dienten mir als Wassertiefen-Hinweisgeber.

Mein Freund *Bäumepflanzer* überraschte mich einmal bei einem gemeinsamen Ausflug an die Küste mit einer simplen und doch so wertvollen Erkenntnis: „Dort, wo du Schwäne kopfüber beim Fressen beobachten kannst, ist das Wasser achtzig Zentimeter tief!"

Fortan begleitete mich diese Erkenntnis bei jedem Angelausflug ans Meer und so manches Riff hätte ich ohne die Schwäne niemals entdeckt.

Auf die nächste Seite zeichnete ich einen Kreis und zwei Flaschen. Eine unterhalb und eine oberhalb des Kreises. Unter die Flasche oberhalb des Kreises schrieb ich *Zukunft* und unter die unterhalb *Vergangenheit.* Unter einen dicken Punkt in der Mitte des Kreises schrieb ich die Wörter *Körper*, *Herz* und *Verstand.* Auf die rechte Seite der Doppelseite zeichnete ich dieselbe Skizze noch einmal: einen Kreis, zwei Flaschen, eine unterhalb, eine oberhalb des Kreises.

Im Unterschied zur linken Skizze schrieb ich jedoch nur die Wörter *Körper* und *Herz* unter den dicken Mittelpunkt des Kreises. Das Wort *Verstand* notierte ich unter die beiden Flaschen, die sich außerhalb des Kreises befanden. Über die linke Seite kam die Überschrift: *Ein Leben im Hier und Jetzt.* Und über die rechte Seite: *Ein Leben in Wunden und Ängsten.*

≈

Es war früher Vormittag, als der alte Mann am Ferienhaus auftauchte. Wortlos, aber mit einem freundlichen Lächeln im Gesicht, ganz so, als wolle er mich nicht stören, setzte er sich neben mich auf die Bank und warf einen verstohlenen Blick auf mein Tagebuch.

„Ich habe unsere Gedanken von gestern skizziert." Ich zeigte auf die beiden Seiten mit den Kreisen.

„Großartig!" Leif war offensichtlich von meinen Zeichenkünsten begeistert und kommentierte die zwei Kreisskizzen: „Die zwei

Skizzen beschreiben die initiatorische Reise vom verwundeten und ängstlichen Kind zum Erwachsenen."

„Die Reise vom verwundeten und ängstlichen Kind zum Erwachsenen?", wiederholte ich fragend.

„Ja. Wenn der Verstand zurück in den Kreis und wieder im Hier und Jetzt ankommt, hat ein Mensch die Initiation vom Kind zum Erwachsenen durchlebt."

„Aber als Erwachsener bin ich doch längst kein Kind mehr!" Verwirrt blickte ich Leif an.

„Das stimmt, zumindest biologisch gesehen, aber viele Erwachsene tragen noch das kleine verletzte und ängstliche Kind in sich. Es sind nicht die initiierten Männer und Frauen, die draußen bei den Flaschen unterwegs sind, es sind die kleinen ängstlichen und verwundeten Jungs und Mädchen." Leif tippte auf eine der Flaschen in meiner rechten Zeichnung.

„Du erinnerst dich doch sicher noch an deine ersten beiden Aufenthalte auf der Insel?" Leif schaute mich kurz fragend an und ich nickte. „Daran, wie deine Ängste deinen Lebensfluss blockiert hatten und wie deine alten Wunden dich schmerzhaft an die Vergangenheit gekettet haben? Das warst nicht du als erwachsener, initiierter Mann, der diese Ängste und Wunden gefühlt hat – es war der kleine Junge in dir."

Der alte Mann sah mich mit einem liebevollen Blick an. „Den kleinen Jungen hat es geschmerzt, dass sein Vater ihm nicht die Liebe geben konnte, die er eigentlich gebraucht hätte. Den kleinen Jungen hat es geschmerzt, dass der Vater nicht zur Stelle war, als die Wildheit und die Abenteuerlust, die ihn im Herzen mit seinem Vater verbanden, in der realen Welt nicht ausgelebt wurden. Kein gemeinsames Lagerfeuer, keine Campingausflüge in eine unberührte Landschaft, keine Angeltour, kein Baumhaus, das zusammen erbaut wurde, und auch kein Gipfel, der gemeinsam erklommen wurde. Der kleine Junge in dir war verletzt, traurig und einsam, weil er vermeintlich nicht wertgeschätzt wurde. Im Gegenteil, er wurde kleingeredet und verurteilt. Du warst auf deiner ersten Reise ein Mann im besten Mannesalter, aber du warst überhaupt noch nicht in deinem Mannsein angekommen."

Leif erinnerte sich offensichtlich noch sehr lebhaft an meine erste Zeit hier auf der Insel.

„Eine der wichtigsten Reisen eines Mannes ist die Reise vom kleinen Jungen zum Mann. Die führt auch durch diese alten Wunden!" Leif tippte noch einmal auf die entsprechende Flasche in meiner Skizze.

„In deinem Fall war es eine Reise durch die Einsamkeit und den Schmerz darüber, dass die Herzensverbindung mit deinem Vater niemals so mit Leben gefüllt wurde, wie der kleine Junge es sich gewünscht und erhofft hatte."

Der alte Mann stand auf, zog sich seine Wathose aus und verschwand im Ferienhaus. Ich erinnerte mich in diesem Moment an die vielen Tränen und schmerzlichen Augenblicke meiner ersten beiden Reisen und natürlich hatte Leif recht: Es waren die Wunden der Vergangenheit gewesen, die sich wie ein Schleier über mein Mannsein gelegt hatten.

Aber ohne große Ehrlichkeit mit mir selbst und ohne die Bereitschaft, mich diesen Wunden zuzuwenden, über sie zu reden und sie zu beweinen, hätte ich sie niemals schließen können. Ohne meine Trauerarbeit würden diese Wunden noch heute eitern und schmerzen. Dass das nicht so war, hatte ich zu einem großen Teil Leif zu verdanken.

≈

Mit einem Becher Kaffee in der Hand setzte Leif sich wieder zu mir auf die Bank. „Ich kann mich noch gut daran erinnern, wie du damals deinem Vater einen Brief geschrieben hast. *Was ich dir immer schon sagen wollte, was ich dich schon immer fragen wollte, Vater …* – das war die Überschrift über dem Brief, den der kleine Daniel an seinen Vater schrieb. Du warst damals siebenunddreißig Jahre alt. Das ist es, was ich meinte, als ich sagte, es ist der Schmerz des kleinen Jungen, nicht der des erwachsenen Mannes. Der Mann hat diesen alten Schmerz nur die ganze Zeit in sich getragen. Es war der Brief, in dem Platz war für all den Schmerz, die Trauer, die Einsamkeit und auch die Wut, die sich innerlich in dir angestaut hatte. Du erzähltest mir damals in einem Telefonat, der Brief sei vierundsechzig Seiten lang geworden." Leif schmunzelte und trank einen Schluck aus seinem Becher.

„Ja, vierundsechzig Seiten!", bestätigte ich. „Ich habe den Brief damals mit ans Meer genommen, ein Lagerfeuer gemacht und den Brief ins Feuer geworfen und so dem Universum übergeben. Ich hätte auch einen Umschlag und eine Marke kaufen und den Brief tatsächlich an meinen Vater abschicken können, aber darum ging es nicht." Ich erinnerte mich noch lebhaft an die Gefühle, die ich damals durchlebt hatte.

„Der Mann in mir wusste, dass mein Vater mir so viel Liebe gegeben hatte, wie er mir geben konnte. Sein Tun war nicht getrieben von Lieblosigkeit oder von absichtlicher Ignoranz. Es war einfach sein Weg, sein Leben zu leben. Ein kleiner Junge erkennt das nicht, diese Erkenntnis braucht die Liebe des initiierten Mannes. Und insofern hast du wirklich recht." Ich starrte auf die Zeichnungen in meinem Skizzenbuch. „Die Rückkehr ins Hier und Jetzt ist wirklich die Reise vom verletzten und ängstlichen Kind zum Erwachsenen. Es ist die Rückkehr in die Liebe. Den Brief zu schreiben war ein heilsames, befreiendes Ritual für mich, weil all das, was mir auf dem Herzen lag, endlich von innen nach außen konnte", erinnerte ich mich.

„Nur ein initiierter Mann wird später in seinem Leben übrigens auch in der Lage sein, das andere Extrem auszuhalten", sagte Leif. „Und das ist, seinen eigenen Vater im Sterben zu begleiten und ihn liebevoll gehen zu lassen. Ein kleiner, bedürftiger Junge kann das nicht. Er würde am Sterbebett immer noch sein Liebesloch stopfen wollen!"

Wie recht er damit hatte, hatte ich tatsächlich in der Sterbebegleitung meines Vaters erlebt. Die letzten Tage seines Lebens konnte ich einfach für ihn da sein, mit meiner ganzen Liebe, frei von Erwartungen und frei von dem Gefühl, nicht loslassen zu können. Ich konnte aus tiefstem Herzen ein liebevoller Wegbegleiter sein.

≈

Und dann kamen mir mein Freund *Bäumepflanzer* und seine Geschichte mit seinem Vater in den Sinn.

Bei einer unserer gemeinsamen Touren an die Küste hatte er mir einmal erzählt, dass er erst nach dem Tod seines Vaters eine wirkliche Nähe zu ihm fühlen und leben konnte. All das Trennende, was sich noch zu Lebzeiten des Vaters bei jeder Begegnung in abweisender Körpersprache, unausgesprochenen Worten und diffusen Gefühlen als unsichtbare und scheinbar unüberwindliche Mauer zwischen ihm und seinem Vater aufgetürmt hatte, brach mit dessen Tod einfach in sich zusammen. Der Tod öffnete meinem Freund das Tor in eine völlig neue, innige Beziehung zu seinem Vater, jenseits der irdischen Existenz und erhaben über all das, was zwischen den beiden gestanden hatte.

Nach dessen Tod fand er die Nähe zu seinem Vater, nach der er sich ein Leben lang gesehnt hatte. Er konnte endlich mit seinem Vater sprechen, weinen und schweigen. Von Herz zu Herz, verbunden in einer Welt, die jenseits unseres Verstandes existiert, eine Welt, aus der wir kommen und in die wir wieder zurückgehen werden.

Besonders berührend fand ich, dass *Bäumepflanzer* noch zu Lebzeiten seines Vaters in einer stillen und sonnigen Ecke seines Grundstückes einen Apfelbaum gepflanzt hatte, seinen *Vaterbaum.* Mit den Jahren, in denen sein Vater älter wurde, wuchs auch der Baum, und jedes Mal wenn *Bäumepflanzer* seinem Vater etwas sagen wollte, aber aus Angst vor der Mauer nicht den Mut und nicht die Kraft aufbrachte, es von Angesicht zu Angesicht zu tun, ging er zu seinem Vaterbaum, setzte sich hin und begann mit seinem Vater zu sprechen. Häufig begann er seine Rede mit den Worten: „Was ich dir gern erzählen wollte, Vater …"

Er sprach mit seinem Vater über alles. Über seine Wut, seine Trauer, seine Verzweiflung, seine Hoffnung, seine Liebe und seine Träume. Er sprach mit ihm, wie man mit einem Vater spricht, der in der Lage ist, ein Vater zu sein. Ein Vater voller Liebe, voller Kraft und gesegnet mit einer archaischen Weisheit, wie sie ein Sohn nur bei seinem eigenen Vater vermutet. Er sprach mit ihm wie mit einem Mann, der im eigenen Leben die Initiation vom kleinen Jungen zum Mann erlebt und durchschritten hatte, der den Weg durch die tiefsten Wunden der eigenen Kindheit gegangen war. Wie mit einem Mann, der sein eigenes Leid berührt hatte und jetzt fähig war, sich selbst und das Leben wertzuschätzen.

Und jedes Mal wenn *Bäumepflanzer* zu seinem Vaterbaum ging und mit seinem Vater sprach, antwortete dieser ihm. Es waren Antworten, die man nur mit dem Herzen hören konnte.

Es gab auch Tage, da ging er zu dem Baum, um innere und äußere Ruhe zu finden und zu schweigen. Dabei erlebte er eine ganz andere Stille als die zu den Lebzeiten seines Vaters, die einfach nur wehtat und nach Erlösung schrie. Eine Stille, in der man nach Worten ringt und Gespräche mit belanglosen Inhalten führt, nur um diesem unerträglichen Schweigen irgendwie zu entkommen. Eine Stille, in der jeder Raum, in dem man sich gemeinsam aufhält, zum Gefängnis wird.

Doch am Baum herrschte eine andere Stille. Eine friedliche Stille. Eine *Alles-ist-gut-so-wie-es-ist-*Stille.

Dieser Baum ist heute noch der Ort, an den mein Freund geht, wenn er mit seinem Vater in Herzenskontakt kommen will, und mittlerweile kann er sich bequem an den Stamm des Baumes lehnen. Der Baum schenkt ihm Halt, er schenkt ihm Frieden und er schenkt ihm Nähe zu seinem Vater.

Und das war auch der Rat, den *Bäumepflanzer* allen Freunden gab, die ihre Schmerzen aus der Vergangenheit noch nicht verwandeln konnten oder die über den Verlust eines Angehörigen oder Freundes nicht hinwegkamen: *Pflanzt einen Baum und ihr werdet eure Trauer mit neuem Leben füllen!*

Diese Geschichte beschrieb für mich eine wunderbare Möglichkeit, wie man seine kindliche Traurigkeit und seinen inneren Schmerz nicht einfach aushalten und tiefer in sich hineingraben muss, sondern mithilfe eines Rituals die schmerzhafte Sprachlosigkeit überwindet.

Durch diesen Baum kehrte neues Leben in eine sprachlose und blockierte Beziehung zurück. Mein Freund pflanzte einen Baum und ich schrieb einen Brief. Und uns beiden öffnete sich über diese Ritualarbeit das Tor zurück in die Gegenwärtigkeit des Lebens, der Weg zurück in den Kreis.

Hätten wir die große Meerforelle nicht in Ufernähe springen sehen, wir hätten wahrscheinlich den ganzen Vormittag auf der Terrasse zugebracht. Aber so ein Sprung eines prächtigen Fisches rief sofort sämtliche Jägerinstinkte in uns wach.

Während Leif nur seine Wathose anziehen musste, suchte ich hektisch nach Strümpfen und der zweiten Fleecehose. Als ich schließlich in meine Wathose stieg, zierte meinen linken Fuß ein Strumpf mit einem eingestickten *R*, und von dem Strumpf über dem rechten Fuß grinste mich ein *L* an. Früher waren das die Tage, an denen mir nicht sonderlich viel gelang, heute konnte ich darüber herzhaft lachen.

„Kenn ich", lachte Leif mich an, als ich auf meine Füße zeigte. „Und ganz schlimm ist es, wenn an beiden Füßen plötzlich Strümpfe mit einem *L* auftauchen!", legte er noch einen drauf.

Wenn Socken zu Botschaftern selbsterfüllender Prophezeiungen werden …

Der Fisch sprang ein weiteres Mal aus dem Wasser, dieses Mal allerdings keine zwanzig Meter vom Ufer entfernt. Jetzt musste ich ihn nur in meinen Kreis kriegen.

Der alte Mann machte jedenfalls keine Anstalten, zu seiner Fliegenrute zu greifen. Er war der Guide und ein guter Guide lässt seinem Gast immer den Vortritt.

Das hatte ich allerdings schon anders erlebt und das auch noch für teures Geld. Ziemlich zu Beginn meiner Zeit als Meerforellenangler buchte ich einmal einen Guide für ein verlängertes Wochenende. Ich freute mich sehr darauf, mit einem Experten an meiner Seite endlich meine Fähigkeiten als Angler zu verbessern, etwas von dem Wissensschatz des gebuchten Guides mitzunehmen und meine erste Meerforelle zu fangen. Doch am Ende des Wochenendes hatte er neun Fische gefangen und ich keinen einzigen. Wenn ein kleiner Junge ein Guiding-Unternehmen führt …

Meine erste Meerforelle fing ich dann Jahre später auf meiner ersten Reise auf die Insel. Ich fing sie auch deshalb, weil Leif damals sein Wissen großzügig mit mir teilte. Und weil ich mir immer noch vorstellte, in einem Dorfteich zu angeln.

≈

Noch bevor ich jetzt die Fliegenrute in der Hand hatte, sprang die große Meerforelle ein drittes Mal aus dem Wasser.

„Sie sind echte Sprungakrobaten!" Leif schaute mit einem bewundernden Blick aufs Meer. „Gerade jetzt im Herbst ist es wirklich schwierig, die Fische an den Haken zu bekommen. Sie haben sich über den Sommer dick und rund gefressen und selbst jetzt im Oktober ist der Uferbereich noch voller Nahrung. Und dann will man die Meerforellen tatsächlich dazu bringen, auf eine kleine, selbst gebundene Küstenfliege zu beißen …

Wirf sie vom Ufer aus an und nimm den Westwind in deinen Rücken, damit die Schnur sich gut streckt", verriet mir Leif noch im Weggehen, wie er sich dem Fisch annähern würde.

Ich war schlau genug, den Ratschlägen des alten Guides zu folgen, und intuitiv machte ich auch einen kleinen Bogen um den Strandabschnitt, an dem der Fisch die letzten beiden imposanten Sprünge hingelegt hatte.

Aus dem Augenwinkel sah ich, wie Leif sich mit dem Becher in der Hand wieder auf die kleine Bank setzte. Er saß als Zuschauer in der ersten Reihe und die Wathose hatte er wohl nur angezogen, um mir im Falle eines Falles bei der Landung des Fisches helfen zu können.

Mit zwei, drei kurzen Zügen beschleunigt flog die Schnur vom Westwind getragen genau dorthin, wo sie hinfliegen sollte, bis hinter die Stelle, an der der Fisch das letzte Mal gesprungen war. Die Schnur landete perfekt gestreckt auf der Wasseroberfläche und ganz zum Schluss, quasi als i-Tüpfelchen, fiel meine *Polar-Magnus*-Küstenfliege auf die Wasseroberfläche und tauchte dann langsam ins Meer ab.

Ich war absolut fokussiert. Wer selbst Angler ist, der weiß, dass die Flossenträger die einmalige Fähigkeit haben, selbst den kleinsten Jungen, der sich in seinen Ängsten und Wunden verliert, mit einem einzigen Sprung sofort ins Hier und Jetzt zurückzubeamen. Fische sind in dieser Hinsicht mindestens so gut wie die besten Yogalehrer.

Meine rechte Hand hielt die Rute und mit der linken Hand begann ich in kurzen Zügen, die gestreckte Schnur wieder einzustrippen. Vor meinem Bauch hing an einem Gürtel ein Schnurkorb, in den ich die Schnur hineinstrippte. Der Korb verhinderte, dass sich die Schnur unnötig verknotete, und er machte es möglich, dass die Schnur bei jedem neuen Wurf mit Leichtigkeit wieder herausschoss. Auf dem Riff hatten wir den Korb nicht gebraucht, aber jetzt, beim Werfen direkt vom Strand aus, war er eine praktische Hilfe.

Beim dritten Schnurzug verschwand die Fliege urplötzlich mit einem Schwall in einem riesigen Fischmaul und ich spürte die Kraft und den Gegenzug des Fisches sofort in der Rute. Die Meerforelle zog die bereits eingestrippte Schnur in zwei, drei Sekunden aus dem Korb und ergatterte sich weitere Meter von meiner Angelrolle. Der Fisch schwamm direkt in das tiefere Wasser auf der östlichen Riffseite und blieb dann dort stehen.

Ich blickte mich kurz zu Leif um. Der alte Mann nickte und streckte anerkennend seinen rechten Daumen in die Luft.

Jetzt war ich wieder am Zug. Den Druck auf der Schnur spürend, konnte ich ein paar Meter wieder zurück auf meine Rolle bringen. Ich war voller Konzentration und Anspannung, denn wenn so ein großer Fisch kurz stehen blieb, bedeutete das meist, dass er seine Kräfte sammelte.

Ich folgte der Meerforelle hinaus auf das Riff, als sie plötzlich mit ihrer geballten Kraft in Sekundenschnelle ein zweites Mal meinen Schnurkorb leerte, und das scheinbar ganz ohne Anstrengung.

Ja, der Fisch war wirklich ein Trickser! Mit ein paar kräftigen Schwanzschlägen wechselte er jetzt auf die westliche Riffseite, schwamm zielsicher auf ein paar Stehsteine zu und nahm mir dabei immer noch Schnur von der Rolle.

Eilig folgte ich dem Fisch weiter über das Riff, doch der hielt seinen Kurs, ganz so als wüsste er, dass die Stehsteine seine einzige Rettung waren. Einmal um einen der dicken Steine herumgeschwommen hätte er mit Leichtigkeit die Fliege wieder aus seinem Maul hebeln können.

Jetzt gab es keine Wahl mehr! Mit aller Kraft drückte ich die Schnur gegen den Korkgriff meiner Rute und hielt sie fest. Die aufgebaute Spannung zog die Rute bis zum Handteil krumm und an der aufgespannten Schnur hätte man wahrscheinlich Wäsche aufhängen können. Der Zug auf die Schnur und das Vorfach waren gewaltig.

Ich stoppte den Fisch keine zwei Meter vor dem ersten Stehstein und spürte, wie widerwillig er sich aufhalten ließ. Jetzt versuchte er, sich mit kraftvollen Kopfschlägen vom Haken zu befreien; wild peitschte die Rute auf und ab, aber ich hielt den Druck aufrecht – eine andere Chance gab es auch nicht.

Dieser Druck war es auch, der dem Fisch langsam, aber stetig seine Kräfte nahm. Stück um Stück sammelte ich die Schnur wieder auf meiner Rolle ein und verkürzte dabei den Abstand zwischen uns immer mehr.

Noch war ich auf alles gefasst, aber nach einem letzten Kraftakt tauchte der Fisch plötzlich an der Wasseroberfläche auf und legte sich auf die Seite. Es war seine Art, mir zu zeigen, dass ich der Sieger in diesem Kampf war.

≈

Vor mir lag die größte Meerforelle, die ich bisher gefangen hatte. Als ich die Rute neben den Fisch hielt, ragte er vom Rutenende bis zum ersten Laufring. Der Fisch war rund achtzig Zentimeter lang und um die sechs Kilo schwer. Sein Schuppenkleid war leicht bräunlich angefärbt und sein Maul zierte ein ausgebildeter Laichhaken. Dieser zum Haken geformte Unterkiefer war ein gutes Unterscheidungsmerkmal zwischen Männchen und Weibchen. Nur männliche Unterkiefer zierte dieser Haken, und er diente dazu, den paarungswilligen Weibchen zu imponieren. Das bräunliche Schuppenkleid war bereits an das Wasser und die Umgebung der kleinen Inselbäche angepasst. Es gab keinen Zweifel; beides waren sichere Zeichen dafür, dass dieser Milchner im Spätherbst in einen der Bäche aufsteigen wollte, um für eine neue Generation Meerforellen zu sorgen und seinen Stamm am Leben zu erhalten.

Ich wollte diesen wundervollen Plan, diesen ewigen Kreislauf des Lebens, nicht durchkreuzen und hoffte darauf, dass die Wasserstände in den Bächen es in diesem Herbst gut mit den Meerforellen meinten. Ich ließ den Fisch frei. Munter schwamm er davon. So war es gut.

Der alte Mann hatte die ganze Zeit keine Anstalten gemacht, von seiner Bank aufzustehen und zu mir aufs Riff hinauszukommen. Es sollten die Minuten in unserer Freundschaft werden, in denen er mir die Bestätigung und das Gefühl gab, ein versierter Meerforellenangler zu sein, und niemals würde unsere Beziehung wieder hinter diese Erfahrung zurückkehren.

Ich stand jetzt als Angler auf einer Stufe mit meinem Lehrer.

Diese Geste erfüllte mich mit Stolz. Weder Leif noch ich sprachen jedoch über diese Initiation. Wir redeten nur über den großen Fisch und auch das war gut so.

Es war das zweite Mal innerhalb eines Tages, dass wir einem besonderen Moment seinen Zauber ließen.

≈

Den Nachmittag über saßen wir auf der kleinen Terrasse und unterhielten uns über den Jungen im Mann und dass dieser nicht nur Schmerz und Trauer in die alltägliche Welt der Männer trägt, sondern auch unendlich viel Zorn, Verbitterung und Aggression.

Der kleine Junge will endlich gesehen werden, und er tut alles dafür, dass dieser Wunsch Erfüllung findet. Alle diese negativen kleinkindlichen Charaktereigenschaften sind eigentlich ein Schrei nach Liebe und nach Aufmerksamkeit.

„Es ist wie in deiner Geschichte oder in der deines Freundes *Bäumepflanzer*.“ Leif sah mich an. „Es geht irgendwann im Leben als Mann darum, sich dem kleinen verletzten Kind in sich selbst zuzuwenden, oder man wird niemals in seinem Mannsein ankommen. Und diese Zuwendung ist eine Entscheidung, die man aktiv treffen muss. Erst wenn der Verstand zurück im Kreis ist, im Hier und Jetzt, und man bereit ist, sich auf die Liebe im eigenen Leben einzulassen, geschieht Heilung. Die Liebe ist nicht nur frei von Angst, sie öffnet auch das Tor zur Vergebung. Dein Brief wäre kein Initiationsritual vom kleinen Jungen zum Mann gewesen, wenn du nicht bereit gewesen wärst, deinem Vater gleichzeitig zu vergeben. Nur so konnte Heilung in deinem Leben geschehen."

Leif legte seine Hand auf sein Herz. „Das ist kein leichter Weg. Weißt du noch – es waren die Augenblicke, in denen du damals bitterlich geweint hast. Aber sich dem eigenen ängstlichen und verwundeten inneren Kind zuzuwenden ist der einzige Weg zurück in die Gegenwärtigkeit des eigenen Lebens."

Ich nickte nur. Er hatte recht, einfach war das damals wirklich nicht für mich gewesen.

Leif kam nun noch mal auf meine Geschichte mit dem Angelguide zurück. „Wenn ein Guide im besten Mannesalter seinen Kunden lieber an die Wand angelt, statt ihn liebevoll unter seine Fittiche zu nehmen und tatsächlich an den Fisch zu führen, ist das letztlich auch nichts anderes als ein Schrei nach Anerkennung. Der Guide hat mit dir sein emotionales Loch gestopft. Er wollte deine Anerkennung, und das wird er bei seinem nächsten Kunden wieder tun, denn das Loch wird so lange keinen Boden haben, bis er sich dem verletzten und bedürftigen kleinen Jungen in sich selbst endlich zugewandt hat. Erst danach wird er ein guter Guide sein!"

Der alte Mann trank einen Schluck Kaffee. „Wenn er diese Initiation nicht vollzieht, wird er das erleben, was vielen Männern widerfährt, die sich den eigenen Ängsten und Wunden nicht zuwenden – die Menschen wenden sich irgendwann von ihnen ab. Die Kunden und die Mitarbeiter in ihren Unternehmen, die Frauen in ihren Beziehungen und oftmals auch ihre eigenen Kinder. Das Phänomen, dass so viele Männer mehrere Unternehmen oder Ehen nacheinander vor die Wand fahren, ist einzig und allein der Tatsache geschuldet, dass sie dem zornigen, verwundeten und ängstlichen kleinen Jungen in sich selbst nicht mit Liebe begegnen können. Und die Einzigen, die diese Verwundung und diese Sehnsucht stillen und damit heilen können, sind sie selbst – nicht ihre Kunden, nicht ihre Frauen und auch nicht ihre Flucht in irgendwelche Parallelwelten."

„Aber ich war damals natürlich auch alles andere als ein guter Angler", warf ich mit Blick auf mein Fangergebnis ein.

„Das mag sein, aber es geht ja in diesem Fall darum, ob der Guide in der Lage war, sich dir wirklich von ganzem Herzen zuzuwenden. Und das war er offensichtlich nicht! Kleine, bedürftige Jungs tanzen nur um sich selbst und deshalb können sie auch nicht empathisch sein oder großzügig ihr Wissen teilen. Sie haben mit sich selbst zu tun!"

≈

Der Bussard tauchte wieder über dem Riff auf und die beiden Krähen ließen nicht lange auf sich warten.

„Ich würde jetzt gern ein Lagerfeuer am Strand machen!" Ich schaute hinunter auf den Strand und stellte mir die gemütliche Szene schon lebhaft vor. Nach meinen ersten beiden Reisen hatte ich mich noch Wochen später über den Rauchgeruch des Lagerfeuers in meinen Fleeceklamotten gefreut, weil er untrennbar mit meinen Erinnerungen an die Insel verbunden war.

Meine Anregung stieß auf offene Ohren, doch bevor wir uns daran machten, einen Lagerfeuerplatz zu suchen, rang der alte Mann mir noch eine kleine Zusage ab: „Aber nur, wenn ich auf dem Hocker sitzen darf!" Damit zeigte Leif auf einen Holzhocker, der in einer Terrassenecke stand.

„Du wirst wirklich immer bequemer!", grinste ich ihn an. „Aber okay. Ich nehme dann den Holzhocker vom Flur." Wenn ich ehrlich war, fand ich ebenfalls Gefallen an dem Gedanken, auf einem Hocker am Feuer zu sitzen.

„Und das schon in deinem Alter", lachte Leif.

„Warum sitzen wir Menschen eigentlich so gern am Feuer?", fragte ich, als wir beide mit einem Holzhocker unter dem Arm hinunter zum Strand gingen.

Ich musste nicht lange auf eine Antwort warten. „Das Feuer ist tief in unserem Herzen verankert als der Platz, an dem wir schon von Urzeiten an Gemeinschaft erlebt haben, Geschichten hörten, unsere Nahrung zubereiteten und uns aufwärmten. Und das Schönste ist, wir sitzen am Feuer miteinander im Kreis. Jeder kann dem anderen in die Augen sehen, es gibt keine Hierarchie. Es ist einfach Gemeinschaft pur!"

≈

Unser Lagerfeuerplatz war schnell gefunden: Eine kleine Mulde am Strand zwischen dem Ferienhaus und den angrenzenden Dünen bot den idealen Windschutz und dabei den perfekten Blick aufs Meer.

Hinter den Dünen erstreckte sich, wie an der gesamten Südküste der Insel, ein breiter Küstenwald. Strandkiefern, Eichen, Birken und ein paar vereinzelte Kastanien ragten über die sandigen Kuppen der Dünen heraus und für jeden Feuermacher wartete dahinter ein echtes Paradies.

Leif wollte am Strand etwas holen und ich ging auf Holzsuche in den Küstenwald. Der harzige Geruch der trockenen Kiefernnadeln in dem milden Meeresklima erinnerte mich an meine Kindheitstage

und an meine ersten Reisen mit meinen Eltern ans Meer. Neben dem Hafenduft und dem Geruch in der Holzwerkstatt meines Opas war es der dritte Geruch, der in meinen Erinnerungen positiv hängen geblieben war.

Als ich tiefer in den Wald hineinging, wand sich plötzlich eine Schlange über meinen Weg. Es war eine Kreuzotter, die zielstrebig auf drei größere Steine unter einer Birke zukroch. Ein Loch unter dem größten Stein bildete den Eingang ihrer Höhle. Es war überhaupt erst das zweite Mal in meinem Leben, dass ich einer Kreuzotter begegnete. Ich hätte sie mir gerne etwas länger angesehen und hatte keine Angst vor ihr, aber sie offensichtlich vor mir …

Das Feuerholz war schnell eingesammelt, denn überall lag genug trockenes Holz herum. Als wir wenig später am Lagerfeuer saßen und den bestimmt schon vierten Kaffee des Tages tranken, erzählte ich Leif von meiner Begegnung mit der Kreuzotter.

„Oh, ja! Es gibt viele Kreuzottern auf der Insel und besonders hier an der Südküste, aber meistens sind die Schlangen so scheu, dass man sie kaum zu Gesicht bekommt. Trotzdem landen rund zehn Kinder pro Jahr nach einem Kreuzotterbiss im Inselkrankenhaus." Nach dieser überraschenden Aussage sah der alte Mann zu mir herüber.

„Zehn Kinder?", fragte ich mit schockiertem Blick zurück, nicht sicher, ob ich die Zahl wirklich korrekt verstanden hatte.

„Ja, zehn", wiederholte Leif, „… und übrigens alles Jungs! Und die sind für ihre Schmerzen meist selbst verantwortlich."

„Wieso das denn?", fragte ich irritiert zurück.

„Das erzähle ich dir später."

Ich lachte trocken auf. Das war typisch für meinen alten Freund. Zufrieden nahm ich einen Schluck aus meinem Kaffeebecher und blickte zum Strand.

Am Ufersaum entdeckte ich neben einem Stück Treibholz und dem Rest einer Fischkiste aus Holz die PET-Flasche von gestern. Der leicht auflandige Wind hatte sie über Nacht an den Strand getrieben und meine Gedanken kamen durch diese Entdeckung zurück auf die Zeichnungen in meinem Skizzenbuch.

„Gestern auf dem Riff sagtest du, es gebe zwei Flaschen in unserer alltäglichen Welt, zu denen unsere Gedanken immer wieder abwandern – die eine heißt *Vergangenheit* und die andere *Zukunft*. Von den Wunden der Vergangenheit hatten wir es ja vorhin. Aber ich würde gern noch mehr über die Gedankenreisen in die Zukunft erfahren. Du sagtest, sie sind oftmals Reisen in die Angst", erinnerte ich mich an seine Aussagen.

„Ja, Ängste sind immer auf die Zukunft gerichtet. Es gibt keine Vergangenheitsängste, Ängste sind immer Projektionen auf die Zukunft und um beim kleinen Jungen im Mann zu bleiben: Es ist der gleiche Junge, der die Wunden der Vergangenheit leckt, der auch Angst vor der Zukunft hat. Ein initiierter Mann in seiner Kraft hat sich für die Liebe entschieden – für sein Herz. Er ist in der Lage, den kleinen ängstlichen Jungen in sich selbst zu beschützen, sich ihm zuzuwenden und ihm liebevoll zu sagen, dass er sich nicht fürchten muss."

Über dem Meer zog der Bussard seine Kreise. Er gab sich der Thermik hin und die Krähen ließen ihn dieses Mal in Ruhe. Sie saßen auf dem Dach des Ferienhauses und erzählten sich Geschichten.

„Die Ängste sind erst im Leben vieler Männer aufgetaucht, als die Wunden in ihre Herzen gerissen wurden, oft im Alter zwischen vier und zehn Jahren." Leif legte seine linke Hand auf sein Herz. „Es ist immer dieselbe Angst, die den kleinen Jungen im Mann umtreibt – die Angst vor dem Tod!"

„Wieso nur die Angst vor dem Tod?“ Mir fielen sofort etliche andere Ängste ein.

„Weil hinter jeder Angst doch letztlich die Angst vor dem Tod steckt, die Angst vor dem endgültigen Untergang.“ Leif zählte ein paar Ängste auf, die ihm wohl gerade in den Sinn kamen: „Die Angst vor Krankheiten, Existenzängste, die Angst vor dem Arbeitsplatzverlust, vor miesen Kontoständen, dem bösen Nachbarn, dem Fahrstuhl, den Wespen, dem dunklen Wald, den giftigen Quallen, dem Fuchsbandwurm, den Algen, vor Ablehnung, vor dem Nicht-genug-Sein, dem brausenden Meer, vor der Bühne, vor dem Kopfschmerz sind letztendlich immer eins: die Visualisierung des eigenen Untergangs“, führte der alte Mann seine Gedanken weiter aus.

„Die Körper und die Herzen der Männer sind in der Mitte des Kreises und warten darauf, dass die Gedankenreisenden endlich nach Hause kommen, statt ein Inferno nach dem anderen in ihren Köpfen zu kreieren.“

„Wohl wahr!“ Ich schaute noch einmal zu der Flasche am Strand. Dann stand ich auf, um die Flasche aufzuheben, und als ich den Strand entlangblickte, entdeckte ich viele weitere Flaschen, die über Nacht angespült worden waren.

„Lauter Angst!“ Ich drehte mich zu Leif um und zeigte Richtung Strandsaum. „Der ganze Strand ist voller Angst.“

Der alte Mann stand auf und folgte mir. „Dann ist der Strand ja ein echter Spiegel für die Gesellschaft, in der wir leben. Ich würde sagen, zwei Drittel der Menschen sind mehr oder weniger von der Angst bestimmt“, nannte er dann lässig eine fast unvorstellbare Zahl.

„Ist das nicht übertrieben?“, stellte ich diese Behauptung infrage und begann damit, die Flaschen aufzusammeln.

„Nein, eher noch untertrieben“, antwortete ein Mann, der es wissen musste. Er war schließlich über vierzig Jahre seines Lebens mit den verschiedensten Menschen am Meer unterwegs gewesen.

„Frag zehn deiner Freunde, wovor sie Angst haben, im Kleinen und im Großen, und wie oft diese Ängste in ihren Gedanken aufploppen und ihr Leben mehr oder weniger beeinflussen. Es wäre schon ein Wunder, wenn sich unter den zehn mehr als drei Freunde finden würden, die sagen, Angst spiele in ihrem Leben keine Rolle.“ Leif begann jetzt auch damit, die angespülten Flaschen aufzusammeln. „Und entsprechend sieht die Gesellschaft aus, in der wir leben – eine Angstgesellschaft! Die Angst der Menschen bestimmt alles: die Politik, die Wirtschaft und die Zukunftsaussichten“, philosophierte Leif und sammelte dabei weiter unermüdlich angestrandetes Plastik ein.

„Und die meiste Angst und Unsicherheit verbreiten die uninitiierten Männer. Männer, die ihren eigenen Lebensschmerz und ihre Lebensangst in religiösem Fanatismus, Fremdenhass oder Amokläufen aufzulösen versuchen. Die anderen Gewalt antun, um selbst Erlösung zu finden, und am Ende sogar bereit sind, für diese Erlösung zu sterben. Wie verzweifelt müssen diese Männer sein? Es sind kleine, ängstliche und verwundete Jungen, die den Unfrieden in die Welt tragen. Deshalb gilt auch: Wenn es auf diesem Planeten Frieden geben soll, müssen sich die Väter endlich ihren Söhnen zuwenden, und dafür müssen die Väter zuerst selbst zu sich und ihrem Mannsein gefunden haben. Zurück in den Kreis. Ins Hier und Jetzt.“

Wir gingen weiter den Strand entlang und sammelten den angespülten Plastikmüll der nächsten zwei Strandkilometer auf. Irgendwann reichten unsere Hände nicht mehr aus, um das Plastik festzuhalten, und so fädelten wir den zivilisatorischen Unrat an zwei Schnüren auf, die ebenfalls gestrandet waren.

Wie schon am gestrigen Tag machte Leif viele Pausen, aber es wäre ihm nicht in den Sinn gekommen, einfach am Lagerfeuer sitzen zu bleiben. Er sammelte nach wie vor jeden Tag gestrandeten Plastikmüll auf; auch damit kannte er sich jetzt schon seit Jahrzehnten aus.

≈

Wir entsorgten unsere Plastikschlangen in einem Müllcontainer am Leuchtturm.

„Es wird leider immer mehr", seufzte Leif, während er seine Schlange in den Container stopfte.

Als wir wieder den Blick aufs Meer richteten, kam ein Mann auf uns zu. Er war mit einer Angel in der Hand offensichtlich auf dem Weg zum Riff.

Leif ging zielstrebig auf ihn zu und umarmte ihn. „Darf ich vorstellen? Das ist Jesper, ein guter Freund", strahlte Leif mich dann an und ließ ihn dabei immer noch nicht aus dem Arm. Die beiden waren anscheinend bestens miteinander vertraut. „Und das ist Daniel", stellte er mich dem Neuankömmling vor.

„Bevor du hinaus aufs Riff gehst, sitzt du aber noch einen Augenblick mit uns am Lagerfeuer", beschloss Leif.

Jesper freute sich sichtlich über die Einladung. Ich war mir nicht sicher, ob das Feuer überhaupt noch brannte, der alte Mann schien da aber keine Zweifel zu haben.

Auf dem Weg zum Lagerfeuerplatz wurde Jespers wichtigste Frage zuerst geklärt: Wie war in den letzten zwei Tagen die Fischerei auf dem Riff gewesen?

≈

Als wir zurück ans Feuer kamen, brannte es noch. Zwar auf Sparflamme, aber mit zwei, drei nachgelegten Stücken Holz hatte es schnell seine Kraft zurückgefunden. Wir schenkten Kaffee aus und versorgten Jesper mit den Angelneuigkeiten der letzten zwei Tage. Mir bereitete es riesige Freude, mein Fangerlebnis vom Mittag noch einmal in allen Details zu schildern, und Jesper hörte gebannt zu. Und auch Leif gefiel es sichtlich, die Geschichte noch einmal aus meiner Perspektive zu hören.

„Wow!“, sagte Jesper schließlich. „Das bestätigt meine Erfahrungen der letzten Woche. Die großen Fische jagen nicht weiter draußen über dem Riff oder an den tieferen Außenkanten. Nein, sie kommen ganz dicht in Ufernähe, dorthin, wo das Wasser gerade einmal einen halben Meter tief ist“, erzählte er. „Ich habe mich wirklich gefragt, was so große Fische in dieses flache Wasser treibt, denn es waren durchaus Exemplare von siebzig Zentimetern Länge dabei. Und wie bei deiner Meerforelle haben sich diese Fische immer wieder mit Sprüngen aus dem Wasser gezeigt!“, fuhr er mit einem verwunderten Unterton in seinen Ausführungen fort.

„Hast du eine Antwort auf die Frage gefunden, warum die Fische so dicht ans Land gekommen sind?“ Ich schaute hinaus auf das Riff und zu dem Platz, an dem sich mein Fisch zum ersten Mal gezeigt hatte. „Sie haben Tobiasfische gejagt“, sagte Jesper.

Natürlich wusste ich, dass Tobiasfische eine beliebte Beute der Meerforellen sind, aber ich vermutete sie um diese Jahreszeit nicht mehr in den flachen Küstenbereichen, sondern im tieferen Wasser.

„Solange die Wassertemperatur nicht deutlich unter zehn Grad fällt, sind die Tobiasfische immer noch im flachen Wasser zu finden“, teilte Jesper seine Erfahrungen mit uns. „Die Tobiasfischschwärme sind im Moment relativ groß, weil sie reichlich Krebstierchen zu fressen finden. Und große Fischschwärme sind für die Meerforellen nun einmal interessant, deshalb sind sie so dicht an der Küste. In der letzten Woche habe ich sogar eine Meerforelle im Sitzen gefangen!“

„Im Sitzen?“, fragten Leif und ich fast synchron und mit ungläubigen Blicken nach.

„Ja, im Sitzen!“, wiederholte Jesper sichtlich gut gelaunt. „Nach eineinhalb Stunden Fischerei weiter draußen auf dem Riff bin ich zurück an den Strand gewatet, um eine Pause zu machen. Ich setzte mich zu meinem Rucksack, den ich keine zehn Meter von der Wasserkante am Strand abgelegt hatte, und kramte nach einer Wasserflasche, als plötzlich direkt vor mir eine dicke Meerforelle aus dem Wasser sprang. Ich zögerte keinen Moment und griff nach meiner Angelrute, die hinter mir auf einem Treibholzbrett lag. Zum Glück war es eine Spinnrute und keine Fliegenrute, und deshalb musste ich gar nicht erst die Schnur in die Luft bringen, was im Sitzen nun wirklich kaum möglich gewesen wäre, sondern ich konnte den Köder einfach auswerfen. Ich blieb also sitzen und warf. Derweil lief das Wasser aus meiner halb geöffneten Flasche zielsicher in den Rucksack; das bemerkte ich allerdings erst ein paar Minuten später. Ich hatte gerade den Rollenbügel übergeklappt und angefangen, den Köder mit der Angelrolle hereinzudrehen, da gab es einen mächtigen Ruck in der Rute und die Meerforelle war gehakt. Ich blieb einfach sitzen, warum auch immer, und der Fisch zog wütend Schnur von der Angelrolle. Statt aber auf das Riff hinauszuschwimmen, wählte er den Weg an der Strandkante entlang. Das war das Beste, was mir passieren konnte. Dort gab es keine Steine, keine Untiefen – nichts, über das der Fisch schwimmen und die Schnur aufschlitzen konnte. Also blieb ich weiterhin einfach sitzen."

Leif und ich schüttelten nur die Köpfe und hörten der Story weiter wie gebannt zu.

„Der Fisch war vielleicht mit vierzig, fünfzig Meter Schnur unterwegs, aber er war gut gehakt, da war ich mir recht sicher, denn die ersten wilden Kopfschläge waren längst überstanden. Der Fisch sprang zweimal aus dem Wasser, so dicht an der Strandkante, dass man ihn bequem trockenen Fußes hätte keschern können, aber ich saß ja am Strand!" Jetzt musste Jesper herzhaft über sich selbst lachen.

„Bist du wirklich nicht aufgestanden?" Leif schaute ihn mit großen Augen an.

„Nein, ich bin nicht aufgestanden!", versicherte Jesper immer noch lachend und schüttelte den Kopf. „Ich weiß selbst nicht, warum."

„Wie hast du den Fisch denn an Land gekriegt?" Ich konnte den Ausgang der Geschichte kaum erwarten.

„Na ja, er wurde irgendwann müde, und ich habe dann damit begonnen, wieder mehr und mehr Schnur auf die Rolle zu bekommen. Der Fisch schwamm auf den Widerstand der Angel zu, er wollte einfach nicht mehr kämpfen. Und irgendwann war er an dem Ort zurück, an dem er angebissen hatte – direkt vor meinen Füßen. Der Fisch legte sich auf die Seite und eine Welle trug ihn auf den Strand. Da bin ich dann aber doch aufgesprungen, weil ich nicht riskieren wollte, dass die nächste Welle ihn wieder mit zurück ins Meer nimmt. Beim Ausnehmen habe ich dann die Tobiasfische entdeckt. Wie ein Bündel Spargel lagen zwölf Fische eng beieinander im Magensack, alle den Schwanz Richtung Schwanz der Meerforelle. Der Räuber hatte seine Beute immer von hinten gepackt. Nach dem Ausnehmen bin ich noch einmal ins Wasser gegangen und habe mir den Flachwasserbereich ganz genau angeschaut. Ich bin rein und einfach stehen geblieben, und es verging kaum eine Minute, da schwamm der erste Schwarm Tobiasfische an mir vorbei. Beim Hinauswaten auf das Riff hatte ich die Fische nicht bemerkt. Tja. In den darauffolgenden Tagen fing ich noch drei Meerforellen vom Strand aus. Zwar nicht im Sitzen, aber mit trockener Wathose!", schloss Jesper lächelnd seine Geschichte.

„Dann brauchst du ja jetzt nicht hinaus aufs Riff, sondern kannst hier sitzen bleiben." Ich schaute Jesper erwartungsfroh an.

„Könnte ich", lachte er, „aber ihr habt euren Feuerplatz etwas zu weit von der Wasserlinie entfernt aufgebaut!" Er blickte hinunter zum Strand. „Das ist für das ‚Sitzendfischen' schon ein fetter Abstand!"

Wir machten Witze über das „Sitzendfischen", entwarfen Produkte für diese neue Sparte des Küstenangelns und aus dem „kurzen Augenblick", den Jesper mit an das Lagerfeuer kommen wollte, war längst eine gemütliche Dreierrunde geworden.

≈

Als es irgendwann ruhiger wurde und jeder in Gedanken der Geschichte noch etwas nachhing, kam mir die herzliche Begrüßung der beiden Männer noch einmal in den Sinn.

„Woher kennt ihr euch eigentlich?" Ich schaute die beiden fragend an.

„Oh, die Geschichte unseres Kennenlernens passt wunderbar zum Thema Angst, über das wir uns vorhin unterhalten haben", stellte Leif fest.

„Ihr habt euch über Angst unterhalten?", fragte Jesper nach und kramte aus seinem Rucksack eine Thermoskanne hervor. Kaffee gab es also genug.

Leif erzählte seinem Freund noch einmal kurz von unseren Gesprächen: die Geschichte von dem Kreis und den Flaschen, dem Guide, der keiner war, und von den Initiationsritualen. Jesper nickte dabei immer wieder und es gab keinen Zweifel: Die Themen waren ihm alle wohlbekannt. Mir wurde klar, dass die beiden sich nicht nur auf der äußeren Lebensreise begegnet waren. Sie waren auch auf der inneren Reise miteinander unterwegs gewesen oder waren es noch.

„Eines Tages vor acht Jahren saß ich mit Leif am Feuer, so wie wir heute", begann Jesper meine Frage zu beantworten. „Wir hatten uns zufällig an einem Riff an der Westküste der Insel getroffen. Vom Sehen her kannten wir uns, aber wir hatten noch nie zusammen geangelt. An diesem Tag standen wir also zum ersten Mal gemeinsam im Wasser und Leif fing nach kurzer Zeit eine prachtvolle Meerforelle. Er lud mich ein, ein Feuer am Strand zu machen und den Fisch zu teilen."

„Du sahst so traurig und ängstlich aus", erinnerte sich jetzt Leif, „dass sogar der Himmel zu weinen begann. Wir saßen im Nieselregen am Strand, und irgendwann fragte ich dich, wo du mit deinen Gedanken warst. Du sahst mich mit einem traurigen Blick an und erzähltest, dass du von morgens bis abends von der Angst erfüllt seist, du könntest deinen Arbeitsplatz verlieren. Als ich dich fragte, wie lange diese Angst dich denn schon umtreiben würde, sagtest du: ‚So ungefähr viereinhalb Jahre!'"

„Ja, das stimmt. Eine grässliche Zeit“, nickte Jesper.

„Was war das für ein Job?“, fragte ich neugierig.

„Ich war in der EDV in einem mittelständischen Unternehmen tätig“, sagte Jesper.

Leif legte ihm die Hand auf die Schulter und erzählte weiter: „Wir saßen also an diesem milden Frühlingstag am Meer und schauten ins Feuer und auf die ausrollenden Wellen. Die Bachstelzen jagten munter nach Insekten, die der Nieselregen aufgescheucht hatte, und an einem Stock über dem Feuer hing das Filet einer frischen Meerforelle, die ich auf dem Riff gefangen hatte. Und Jesper saß da und ängstigte sich um seinen Arbeitsplatz!“ Leif konnte sich wirklich noch sehr genau an diese Begegnung erinnern und auch für Jesper war sie immer noch sehr präsent.

In Gedanken sah ich die beiden am Feuer sitzen und war wirklich gespannt darauf, wie die Geschichte weiterging.

„Ich war damals kein Mann, der da am Feuer saß, sondern ein kleiner Junge, der vor lauter Angst die Schönheit und Vollkommenheit des Augenblicks nicht fühlen und nicht erleben konnte. Meine Angst trieb mich aus der Gegenwärtigkeit“, beschrieb Jesper seinen Zustand.

„Das Hier und Jetzt war nahezu paradiesisch, aber ich hatte nicht das Handwerkszeug, um den kleinen ängstlichen Jungen in mir zu beruhigen. Ich war Mitte dreißig, aber das Kind in mir bestimmte meine Gedanken und damit auch meine Gefühlswelt. Ich wollte so gerne anders sein, angstfrei und voller Kraft – aber ich konnte es nicht. Ich wusste einfach nicht, wie ich die Angst aus meinem Leben vertreiben konnte.“

Gebannt folgte ich Jespers Ausführungen, denn natürlich erinnerte mich seine Geschichte an frühere Zeiten in meinem Leben, und in meinem Herzen war ich voller Mitgefühl für ihn. „Hast du auch einen Brief geschrieben oder einen Baum gepflanzt, um dem kleinen inneren Jungen Halt zu geben?", fragte ich. Das war vielleicht etwas voreilig, aber ich hatte in den letzten zwei Stunden einen Mann in seiner Kraft erlebt und wollte wissen, wie Jesper seine Lebenskrise überwunden hatte.

„Nein, ich bin kämpfen gegangen!", lachte Jesper.

„Kämpfen?" Ich war mir nicht sicher, ob ich ihn richtig verstanden hatte.

„Ja, kämpfen", wiederholte Leif und bedachte Jesper mit einem anerkennenden Blick. „Die Angst hat dich gelähmt, sie hat dich schlapp gemacht und dir die Energie geraubt."

„Ja, und irrsinnigerweise glaubte ich irgendwie, wenn ich aufhöre, mich wegen meines Jobs zu ängstigen, würde ich diesen Job tatsächlich verlieren. Dabei war genau das Gegenteil der Fall: In dem Moment, in dem ich ins Hier und Jetzt zurückkehrte, kam auch meine Kraft zurück. Es gab in der Gegenwart nicht einen einzigen Grund, Angst zu haben. Am Lagerfeuer war das Paradies auf Erden und ich zog in den Gedankenkrieg."

„Ich weiß nur zu gut, wie schwer es sein kann, sich aus solchen Gedankenspiralen zu lösen", sprach ich aus eigener Erfahrung.

Wir legten Feuerholz nach, und ich war sehr gespannt, wie die Geschichte weiterging. Ich schaute die beiden an. „Aber nun Butter bei die Fische! Was heißt das: *Er ist kämpfen gegangen*?"

Genau in dem Moment, als ich die Frage stellte, zettelten die beiden Krähen wieder einen Streit mit dem Bussard an. Er war vor ein paar Minuten wieder über dem Riff aufgetaucht. Die rasanten Sturzflüge der Krähen zielten auf den Hinterkopf des friedlichen Jägers. Die Krähen attackierten aus dem Hinterhalt und doch flogen sie immer wieder ins Leere. Denn der Greif hatte alles im Blick …

„Kennst du die Geschichte von David und Goliath?", begann Leif mit einer scheinbar zusammenhanglosen Gegenfrage. Diese Eigenart von ihm kannte ich nun schon und wusste, dass er nach einer größeren Kurve zu meiner eigentlichen Frage kommen würde.

„Ja, klar! Zumindest in groben Zügen." Ich schaute ihn erwartungsfroh an.

Plötzlich stand er auf. „Warte. Bevor ich mit der Geschichte beginne, gehe ich erst mal Steine sammeln."

Leif ging an den Strand und suchte seine Illustrationsobjekte. Diese unerwartete Aktion steigerte meine Neugier nur noch mehr, hatte ich doch schon mehrmals von seinen mit Steinen illustrierten Geschichten viel gelernt.

≈

Jesper und ich pflegten das Feuer und schauten den wütenden Krähen zu, die immer noch unablässig versuchten, endlich den Kopf des Bussards zu treffen. Der verlor allerdings in keinem Augenblick seine majestätische Contenance. Beeindruckend.

Kurze Zeit später kam Leif zurück ans Feuer, setzte sich und kam direkt zur Sache: „Weißt du, wie der meistgenannte Satz in der Bibel lautet?" Bei der Frage schaute er mich an.

„Keine Ahnung." Mir fiel nicht einmal im Ansatz eine kluge Antwort ein.

„Der am häufigsten genannte Satz in der Bibel lautet: *Fürchte dich nicht!* Kein anderer Satz steht öfter im Buch der Bücher als diese Einladung Gottes an die Menschen, das Leben mit Hingabe und Freude zu leben, denn eigentlich heißt das ja: Du musst keine Angst haben", beantwortete Leif selbst seine Frage.

„Oha!" Mir kam unser Gespräch beim Aufsammeln der Plastikflaschen wieder in den Sinn. „Aber wie passt das denn zu der Angstgesellschaft in den christlichen Abendländern? Ist es am Ende so, dass viele Christen ihrem eigenen Gott nicht trauen?" Ich fand es schon erstaunlich, dass sich die Inhalte der Heiligen Schrift oftmals nicht in der Lebenswirklichkeit der Gläubigen widerspiegelten. „Sie glauben eher ihrer Angst als ihrem Gott."

Leif nickte. Dann nahm er den Faden noch einmal auf. *„Fürchte dich nicht, du brauchst keine Angst zu haben!* Eigentlich kommen wir mit genau diesem Wissen auf die Welt. Es ist das Wissen, das unser Herz in sich trägt, und unsere Initiation zum Mann oder zur Frau ist die Rückkehr in dieses Urvertrauen auf das Leben und den Schöpfer. Es ist die Rückkehr in die Liebe. Sie ist es, die den Glauben trägt. Und wenn wir auf diese Zusage vertrauen, können wir uns dem Leben hingeben. Unser Leben wird zu einem Ausdruck einer göttlichen Zusage. Und wie getrieben und haltlos sich ein Leben anfühlt, wenn es statt auf der Liebe auf den Wunden und Ängsten fußt, habt ihr ja lange Zeit selbst erlebt", vertiefte Leif seine Aussage. „Gott kann man übrigens auch nur im Hier und Jetzt begegnen."

Und dann kam er auf die Geschichte von David und Goliath zurück: „In der Geschichte steht ein kleiner Junge einem übermächtigen, grausamen Krieger gegenüber und der Junge trägt nur diesen einen Satz in seinem Herzen: *Ich fürchte mich nicht!* Alle anderen möglichen Gegner für Goliath hatten sich längst aus dem Staub gemacht oder waren vor Angst erstarrt, aber David stellte sich diesem scheinbar unbesiegbaren Krieger in den Weg. In seiner Hand hielt er eine Steinschleuder und in der Hosentasche steckten fünf Steine. David stand Goliath von Angesicht zu Angesicht gegenüber. Mit dem zweiten Stein streckte er den Riesen nieder und sein Volk war gerettet."

Gebannt hörte ich zu und fragte mich insgeheim die ganze Zeit, was diese Geschichte mit Jesper zu tun hatte. Auch er lauschte den Worten von Leif mit einem versunkenen Blick in das Lagerfeuer. Ich musste nicht lange auf die „Auflösung“ warten.

„Du hast mich damals gebeten, an den Strand zu gehen und fünf Steine zu sammeln“, erzählte Jesper die Geschichte weiter, ohne die Augen vom Lagerfeuer zu wenden. „Und ich bin tatsächlich losgegangen, weil meine Verzweiflung so groß war und ich bereit war, alles zu tun, um wieder in meine Kraft zu kommen.“

„Ja, du bist sofort auf die Suche nach den Steinen gegangen“, erinnerte sich Leif und öffnete seine linke Hand. Darin lagen fünf runde Steine. „Goliath ist ein Symbol für die scheinbar übermächtige Angst im Leben so vieler Menschen und auch im damaligen Leben von Jesper. Aber du kannst dich nicht ewig vor deiner Angst verstecken, vor ihr weglaufen, sie wegessen, wegrennen, wegtrinken, wegreden oder sie wegmedikamentieren. All das *weg* geht irgendwann nicht mehr, weil du immer schlapper, immer hoffnungsloser und immer kränker wirst. Goliath taucht immer wieder auf, scheinbar unbesiegbar und scheinbar immer größer und stärker. Das, was weg muss, ist die Angst!“ Leif blickte auf die Steine in seiner Hand.

„Stimmt!“, nickte Jesper. „Ich musste den Mut aufbringen, meiner Angst endlich zu begegnen. Ich musste bereit sein, Goliath ins Auge zu sehen und gegen ihn zu kämpfen, statt noch länger vor ihm wegzulaufen.“

„Und die fünf Steine sollten Jesper bei diesem Vorhaben helfen.“ Leif legte die Steine in den Sand an das Lagerfeuer.

„Und so, wie ich dich kenne, haben die Steine alle eine bestimmte Aufgabe oder Bedeutung, oder?“ Ich schaute den alten Mann erwartungsvoll an.

Leif sah auf die Steine. „Richtig. Sie stehen für die Waffen, mit denen du deinen Ängsten begegnest und ihnen den Wind aus den Segeln nimmst.“ Leif nahm einen der Steine erneut in die Hand. „Der erste Stein, die erste Waffe, ist immer die Bereitschaft, nicht länger vor den eigenen Ängsten wegzulaufen, sondern ihnen zu begegnen. Denn ohne diese Bereitschaft ist es unmöglich, sie zu überwinden.“

„Okay, so weit ist es klar. Und der zweite Stein?“, fragte ich neugierig nach.

„Der zweite Stein bedeutet anzuerkennen, dass deine Ängste nichts anderes sind als dein eigener Gedankenkrieg und dass sie nur dann entstehen, wenn du das Hier und Jetzt verlässt.“

Jesper nahm auch einen der Steine in die Hand und sah mich an. „Ich musste endlich begreifen, dass ich Krieg gegen mich selbst führte, dass ich meine Ängste selbst erschuf. Ich hatte den Goliath in mir heraufbeschworen und deshalb konnte auch nur ich ihn wieder besiegen!“, übertrug er die biblische Geschichte auf seine Lebenssituation.

Die Bedeutung der anderen drei Steine erfuhr ich etwas später …

≈

Die Krähen hatten sich mittlerweile müde getobt und landeten wieder auf dem Dach des Ferienhauses. Vielleicht war es auch ihr Respekt vor der Höhenluft, denn der Bussard stieg immer weiter in den Himmel auf, in Höhen, in denen es die aggressiven Schreihälse wohl mit der Angst bekamen …

„Aber in unserer Evolutionsgeschichte war die Angst doch auch überlebenswichtig, denn ohne Angst wären wir ja vom Löwen oder Bären gefressen worden“, machte ich einen Ausflug in die Vergangenheit.

„Das ist ein wichtiger Aspekt!“ Leif strich sich über den Oberkörper. „Unsere Körperzellen reagieren bei jedem Angstgedanken tatsächlich heute immer noch so, wie sie es zu den Zeiten unseres Jäger- und Sammlerdaseins getan haben. Verrückt, oder? Jesper hatte am Strand Angst davor, irgendwann in der Zukunft vielleicht einmal seinen Job zu verlieren. Er saß also an diesem friedlichen Lagerfeuer, schaute aufs Meer … und sein Körper schüttete dabei Unmengen von Adrenalin aus. Sein Herzschlag beschleunigte sich, seine Magen- und Darmfunktion wurde heruntergefahren, seine Pupillen weiteten sich, seine Hörnerven wurden zusätzlich sensibilisiert und eine leichte Hitzewelle durchströmte seinen Körper“, beschrieb Leif die körperlichen Reaktionen auf die Angst. „Statt also diesen wunderbaren Augenblick am Meer und in der Gegenwart zu genießen, war Jesper bereit für die Flucht vor dem Bären.“

„Und das seit viereinhalb Jahren!“, machte Jesper noch einmal deutlich, wie lange er schon unter diesem Zustand gelitten hatte.

Ich konnte mir bildlich vorstellen, was diese ständige Alarmbereitschaft in seinem Körper und Kopf angerichtet hatte. Stress pur!

Jesper legte den Stein zurück zu den anderen und sah mich an. „Das Dramatischste an meiner Gedankenreise war allerdings die Tatsache, dass diese Angst sich auf einen Bären richtete, der noch nicht einmal ansatzweise in Lagerfeuernähe war, denn ich hatte ja meinen Arbeitsplatz noch und es gab auch keinen konkreten Anlass zur Sorge. Diese Fokussierung auf meine Angst führte mich mehr und mehr in eine gedankliche und körperliche Starre – kein Wunder, denn niemand kann ja in einer solchen ständigen Anspannung leben, ohne dass das irgendwann Folgen hat. Übertragen auf die Steinzeit heißt das aber: Wäre der Bär tatsächlich eines Tages am Lagerfeuer aufgetaucht, wäre ich unfähig gewesen zu fliehen, weil diese Angststarre mich über die Jahre total gelähmt hatte. Ich richtete mein ganzes Leben danach aus, ob der Bär nun auftauchte oder nicht, und damit nahm ich mir alle anderen Handlungsoptionen."

„Oh Mann, ich kenne dieses Körpergefühl nur zu gut! Man geht ständig angespannt durchs Leben", erinnerte ich mich an die Zeit, in der ich ebenfalls vor meinem „Goliath" davongelaufen war.

„Mir wurde noch einmal sehr deutlich, wie sehr wir mit unseren Gedanken auf unseren Körper einwirken." Leif schaute mich mit seinem sanften und doch so durchdringenden Blick an. „Was für eine Macht Gedanken haben! Sie finden noch in der letzten Zelle unseres Körpers eine Resonanz! So ein Angstgedanke gleicht einem Stein, den du in dein inneres Meer wirfst. Nach dem Aufprall auf die Wasseroberfläche breitet sich die Energie des Steines wellenförmig im Meer aus, immer weiter, bis sie auch die letzte Zelle erfasst hat. Der Gedanke nimmt sich seinen energetischen Raum. Wir können mit unseren Gedanken das Meer so sehr aufwühlen, dass sich nicht einmal mehr ein Schiff hinaustrauen würde, oder wir können ein ruhiges, friedliches Meer erschaffen. So schön wie bei einem romantischen, unvergesslichen Sonnenuntergang."

Was für eindrückliche Beschreibungen Leif wieder mal fand! Ich bemerkte, dass uns erneut langsam das Feuerholz ausging und ging mit Jesper noch einmal in den Küstenwald, um Nachschub zu sammeln. Wir ließen den weisen, alten Mann auf seinem Hocker am Feuer sitzen. Sosehr seine körperlichen Kräfte auch nachließen, sein Geist war immer noch beeindruckend rege.

≈

Als wir an den Lagerfeuerplatz zurückkamen, überraschte Leif uns mit einer scheinbar zusammenhanglosen Frage: „Wenn ihr eine Meerforelle fangen wollt, was für eine Fliege würdet ihr dann wählen?"

„Ha, was für eine Frage! Natürlich eine *Polar Magnus*!", antwortete ich spontan. Es gab für mich keinerlei Zweifel, welche Fliege ich zuerst wählen würde, auch wenn ich zusätzlich die selbst gebundene *Rocky-Horror*-Fliege in meinen Köderboxen vorrätig hatte. Letztendlich war sie aber schon immer die zweite Wahl gewesen.

„Und ich nehme eine *Pattegrisen*", Jesper musste genauso wenig überlegen wie ich.

Sowohl die *Polar Magnus* als auch die *Pattegrisen* imitierten, durch den Zug der Schnur in Bewegung versetzt, kleine Fische.

Wir wunderten uns schon ein wenig über die Frage von Leif, aber es blieb nicht viel Zeit zum Wundern, denn schon kam die nächste: „Okay. Und wenn ihr einen Dorsch fangen wollt?"

„Einen Dorsch würde ich mit einer *Schwarzen Zigarre* in Versuchung führen", antwortete dieses Mal Jesper zuerst.

„Die nehme ich auch", war ich mir sicher. Na gut, für einen ganz kurzen Moment kam mir auch die *Starsky & Hutch* in den Sinn, aber die *Schwarze Zigarre* war einfach stimmiger. Sie ähnelt übrigens nur in ihrer Form den Rauchwaren und besteht ansonsten aus einem schwarzen schwimmenden Schaum und buschigem schwarzem Chenille, versehen mit einem relativ großen Haken. Auch das Bindegarn, mit dem die Materialien zusammengehalten werden, wird bei diesem Muster in der Farbe Schwarz gewählt. Groß und schwarz war sie also, und das hatte durchaus seinen Sinn, denn die Dorsche schwammen erst nach Sonnenuntergang in Küstennähe, und ein dunkler Köder hob sich beim Blick von unten nach oben gegen den Nachthimmel viel deutlicher ab als ein heller, weil er einen deutlicheren Kontrast zum Nachthimmel bildete.

„Gut! Und was wäre eure Wahl auf der Jagd nach Hornhechten?", kam sofort die nächste Frage von Leif, und auch da mussten wir nicht lange überlegen.

„Da würde ich eine kleine *Skyggen* wählen", war ich mir sofort im Klaren darüber, wie ich einen der schlanken Raubfische ködern würde.

„Und ich nehme eine kleine *Flohkrebs-Imitation*", suchte auch Jesper nicht lange nach einer Antwort.

„Aber was sollen die ganzen Fragen?" Ich konnte mir keinen Reim darauf machen, worauf Leif hinauswollte.

Er wiederholte in aller Ruhe die Antworten. *„Polar Magnus, Schwarze Zigarre und Skyggen* – drei unterschiedliche Fliegen für drei unterschiedliche Fischarten!" Er nickte mir zu. „Mit dem Leben im Hier und Jetzt ist es wie beim Angeln: Mit der Wahl deiner Köder bestimmst du deine Fänge! Und mit deinen Gedanken dein Leben. Das Leben kann nur auf das reagieren, was du in deinen Kreis an Gedanken hineinwirfst. Klingt einfach, kann aber dein ganzes Leben verändern!"

Leif strahlte mich an und Jesper hörte die ganze Zeit gespannt zu. Die Geschichte mit den Köderboxen war ganz offensichtlich auch für ihn neu.

Wieder mal wusste ich nicht auf Anhieb, was er meinte, aber ich hatte inzwischen gelernt, einfach abzuwarten, und wie so oft schob er die nähere Erklärung hinterher: „Jeder Gedanke, jedes Handeln ist wie ein Köder, den du in das Meer deines Lebens hinauswirfst. Und wie beim Angeln bist du es, der entscheidet, welchen Köder du aus welcher Box nimmst und wie lange du an einen Köder glaubst oder an ihm festhältst. So oder so: Es können nur die Fische beißen, die du anköderst. Mit deinen Gedanken und deinem Tun bestimmst du deine Fänge im Leben. Es ist schlicht und einfach das *Gesetz der Anziehung*, und es wirkt und funktioniert genauso wie die *Polar Magnus* beim Meerforellenangeln!“

„Oder die *Pattegrisen*“, warf Jesper lächelnd ein.

„Oder die *Pattegrisen*“, schmunzelte Leif.

Beim Anblick meines verblüfften Gesichts begann Leif zu lachen. „Wie willst du Fülle erleben, wenn du ständig irgendeinen Mangel beklagst? Wie willst du inneren Frieden erleben, wenn du immer und überall meckerst und verurteilst? Wie soll Frieden in deine Welt einkehren, wenn du in Gedanken ständig Unfrieden säst? Wie soll sich Entspannung in deinem Leben breitmachen, wenn du dauernd angespannt bist? Wie willst du das Gefühl der Hingabe erleben, wenn du gleichzeitig immer nach Kontrolle strebst? Wie willst du bei dir selbst ankommen, wenn du dir immer weniger Zeit und Aufmerksamkeit widmest? Mit deiner Köderwahl entscheidest du, wie erfüllt und wie glücklich dein Leben ist, so einfach ist das!“ Leif schlug sich mit beiden Händen auf die Knie, um seinen Punkt zu unterstreichen.

„Glaubst du, das Glück beißt an eine *Ich-habe-das-nicht-verdient-Magnus* oder an eine *Eigentlich-bin-ich-ja-ganz-glücklich-Garnele?* Nee, ganz bestimmt nicht! Da machst du dir dann deinen Kescher mit *Genau-du-hast-es-nicht-verdient-* und *Dann-leb-mal-dein-lauwarmes-Leben-weiter*-Fischen voll. Es ist ganz entscheidend, welche Köder du aus welchen Boxen in deinem Leben nimmst. Und ein ängstlicher und verwundeter Junge wirft völlig andere Köder aus als ein initiierter Mann in seiner Kraft. Am Ende gibt es nur zwei große Boxen im Leben eines Menschen, in denen alle anderen Boxen verstaut sind: die Box der Liebe oder die Box der Angst. Du bekommst nur das an den Haken, was du anköderst, alles andere wird verschwinden!“ Leif nickte mir zu, dann schweifte sein Blick hinaus aufs Meer.

„Im Prinzip weiß ich das schon …“ Ich sah den Alten liebevoll an. „Und ich bin dir unendlich dankbar dafür, dass ich das auf den ersten beiden Reisen von dir lernen konnte! Aber weißt du, was mir gerade einfällt? Deshalb hat man vielleicht das Prinzip des *Catch & Release* – Fische fangen und wieder zurücksetzen – erfunden!“

Dieses Prinzip ermöglicht es dem Angler zu entscheiden, ob ein Fisch tatsächlich in der eigenen Küche landet, oder ob es nicht doch eine bessere Idee ist, ihn wieder in sein Element zu entlassen, weil es gerade einen anderen, einen nachhaltigeren Plan für sein Leben gibt. Jeder verantwortungsvolle Angler war dankbar für diese Entscheidungsfreiheit.

„Haha, ja, das ist auch eine Möglichkeit“, blinzelte Leif. „Aber einen energetisch doofen Fisch nach dem anderen zu fangen, um ihn dann wieder zurück in das eigene Meer zu schmeißen, ist am Ende vielleicht auch nicht gerade erfüllend. Was aber noch viel schlimmer ist, ist die Tatsache, dass die meisten Menschen diese ‚Fische‘ nicht zurücksetzen, sondern sich von ihnen ernähren! Sie verleiben sich die negative Energie ein, die sie auch aussenden. Ein immerwährender Kreislauf, der sie immer schlapper und kränker macht.“

„Ein Kreislauf, dem sie nur entrinnen können, wenn sie endlich die Köderboxen wechseln!“ Ich verstand dieses Bild von Leif nur zu gut.

„Da ist so viel Wahres dran!“, erinnerte sich Jesper an den Tag mit Leif am Feuer. „Der Gedanke, den ich seit viereinhalb Jahren in meinen Kreis warf, war: *Wenn ich diesen Job verliere, ist alles aus.* Und ich habe diesen Gedanken immer wieder in mein Universum geworfen, meistens sogar mehrmals am Tag. Und ich habe viereinhalb Jahre lang *Ja-wenn-du-deinen-Job-verlierst-ist-alles-aus-*Fische gefangen. Alle anderen waren verschwunden …"

„Es gibt aber auch die Tage, da bin ich mir absolut sicher, den richtigen Köder gewählt zu haben, und es passiert trotzdem nichts", warf ich ein.

„Stimmt! Diese Tage kenne ich auch", nickte der alte Mann. „Aber das ist eine sehr gute Prüfung, ob du es wirklich ernst meinst mit deinem Köder beziehungsweise mit einer Idee oder einem Projekt oder dem Traum von einer Gesangskarriere, dem eigenen Café, dem Hausbau oder dem Auswandern. Willst du es wirklich, brennst du für diese oder jene Idee, oder fällst du direkt um, wenn es nicht auf Anhieb klappt mit deiner Köderwahl? Kippst du dann deine Pläne oder gehst du deinen Weg weiter? Die Zeit, in der scheinbar nichts passiert, ist wertvoll, denn sie ist die Zeit der Prüfung und der Überprüfung. Wenn du mit festem Willen und Glauben an deinem Köder festhältst, wird früher oder später etwas in Bewegung kommen. Die Zeit der Prüfung ist es, in der dir klar wird, ob die Sache wirklich ein Herzensprojekt ist oder ob dich in Wahrheit deine Angst vor sich hertreibt. Es ist eine wichtige und sehr wertvolle Phase, weil die Erfüllung und das Glück in der Gegenwart sich nur einstellen, wenn der Verstand zurück in den Kreis kommt und sich darauf einlässt, dein Herzenswissen Realität werden zu lassen. Umgekehrt würde dein Herz den Weg der Angst niemals mitgehen. Wenn du also Dinge realisieren willst oder Köder auswirfst, die nicht aus deinem Herzenswissen stammen, wird dein Herz deinen Verstand nicht unterstützen, und in dir macht sich dann ein Gefühl von ‚Nicht-ganz-Sein' breit. Wenn nichts beißt, bietet dir das also die große Chance, dich zu fragen, ob du wirklich auf einem für dich stimmigen Weg unterwegs bist, ob das, was du da vorhast, aus deinem Herzen kommt. Wie gesagt:

Ein ängstlicher und verwundeter Junge wirft ganz andere Köder aus als ein Mann in seiner Kraft."

„Wie viele Steine brauchte David noch mal, um Goliath zu besiegen?", kam mir unsere Ausgangsgeschichte wieder in den Sinn. Die Steine in der Geschichte standen schließlich auch für die Gedanken und die Entscheidung, seinem Leben einen anderen, einen lebendigeren Kurs zu geben.

„David brauchte nur zwei Steine", sagte Leif und legte seinen Stein jetzt auch zurück zu den anderen.

„Willst du damit sagen, dass es genügt, nicht länger vor seinen Ängsten wegzulaufen und anzuerkennen, dass man sie sich selbst erschaffen hat?", versuchte ich die Geschichte in die Praxis zu übersetzen.

„*Genügen* vielleicht nicht, aber ohne diese ersten beiden Steine wird niemand seine Angst besiegen! Sie sind für die Rückkehr ins Lebendigsein unerlässlich und sie stehen immer am Anfang dieser neuen Reise. Ich habe dir damals Mut gemacht, mit dem kleinen ängstlichen Jungen ins Gespräch zu kommen, erinnerst du dich?" Jetzt wendete Leif sich Jesper zu.

„Na klar erinnere ich mich. Du sagtest, ich sollte mir für dieses Gespräch einen Platz in der Natur suchen. Einen Platz, an dem sich der kleine Junge besonders wohl und sicher fühlt."

„Ja, die Natur ist der heilsamste und stärkendste Ort für die Begegnung mit dem inneren Kind, weil sie in jedem Augenblick und an jedem Ort ein Spiegel für das Leben im Hier und Jetzt ist. In der Natur gibt es kein Gestern und kein Morgen. Alles erfüllt und erlebt sich in der Gegenwart. Das ist auch der Grund, warum wir uns am Meer, im Wald oder in den Bergen so zu Hause fühlen. In der Natur spüren wir den Puls der Gegenwärtigkeit und damit auch unseren eigenen ursprünglichen Herzschlag wieder. Wir spüren, wie er im

Einklang ist mit der Umgebung. Wir fühlen endlich wieder unser Herz in der Mitte des Kreises!“

Beim Erzählen funkelten Leifs Augen voller Begeisterung über die Natur, die er so liebte. Er war zutiefst davon überzeugt, dass es keinen besseren Raum für Initiationen gab. Und für die meisten anderen Sachen auch nicht.

„Und hast du dir einen sicheren Platz gesucht?“, wollte ich von Jesper wissen.

Es dauerte einen kleinen Augenblick, bis er antwortete, fast so, als ginge ihm das Ganze noch einmal sehr nahe.

„Ja, ich habe mir eine kleine Bucht am Meer ausgesucht“, nahm er meine Frage auf, „und dort habe ich angefangen, vorsichtig in Kontakt mit dem kleinen Jungen in mir zu kommen. Am Anfang herrschte eine schwer erträgliche Stille, es flossen Tränen, und es war richtig schwer für mich, nicht wieder wegzulaufen, sondern diese Situation auszuhalten, ohne sie gleich auflösen zu können oder zu wollen. Ich war mir auch alles andere als sicher, ob ich überhaupt jemals in Kontakt mit diesem kleinen Jungen und seiner Angst kommen würde. Ich war ein Kerl im besten Mannesalter und wusste nicht im Ansatz mit diesem kindlichen Teil umzugehen. Nur eines wusste ich: Weglaufen gibt es nicht mehr!“

Er hielt inne, um sich zu sammeln. Dann fuhr er fort: „Immer wieder besuchte ich die Bucht und in der ersten Zeit änderte sich rein gar nichts an meinem Seelenzustand. Aber durch das Annehmen der Situation, wie sie war, entstand so etwas wie eine Nähe zu dem kleinen Jungen in mir. Der Same der Initiation war gesät.“ Nachdenklich blickte er aufs Meer und erzählte seine Geschichte weiter.

„Und dann kam der Tag, an dem ich wieder dort draußen war und ein stürmischer Wind das Meer wild aufgepeitscht hatte.

Riesige Wellen rollten auf den Strand zu und der Blick auf das aufgewühlte Wasser war wie ein Blick in mein inneres Meer. Es war der Tag, an dem ich den kleinen Jungen zum ersten Mal fühlen konnte, der Tag, an dem ich von meiner ablehnenden Haltung meinem eigenen inneren Kind gegenüber zum Mitgefühl und in die Liebe fand. Und je öfter wir uns seit diesem Tag trafen, desto inniger wurden wir miteinander. Der kleine Junge fasste mehr und mehr Vertrauen. Und wenn es an einem Tag nicht möglich war, miteinander ins Gespräch zu kommen, saß ich einfach am Strand und schaute hinaus aufs Meer, und die Stille war nicht mehr unangenehm. Ich hielt den Jungen in Gedanken in meinen Armen und erzählte ihm, dass ich auf ihn aufpassen würde und dass er sich nicht mehr fürchten müsse … Und tatsächlich: Die Wogen meines inneren Meeres glätteten sich zusehends und es gab immer weniger Sturmflutwarnungen. Eineinhalb Jahre dauerte diese Reise nach innen. Und irgendwann war Goliath besiegt!" Jesper sah mich mit strahlenden Augen an.

Er griff in seinen Rucksack und holte einen Lederbeutel hervor.

„Diesen Beutel trage ich bis heute bei mir." Kurz hielt er mir den Beutel in seiner offenen Hand entgegen. Dann löste er den Knoten der Lederschnüre, die den Beutel verschlossen hielten, und schüttelte fünf runde Steine heraus.

„Du hast mir damals den Rat mit auf den Weg gegeben, immer fünf runde Steine bei mir zu tragen", sagte er mit einem Kopfnicken in Richtung Leif. „Seitdem habe ich meine Angstbesieger immer dabei – sie geben mir ein Gefühl von Sicherheit, auch wenn ich die Steine drei, vier und fünf nie gebraucht habe." Jesper schaute auf die Steine in seiner Hand. „Du hast mir aber eine Reihe von guten Vorschlägen gemacht, welche Bedeutung diese Steine im Kampf gegen meine Angst haben können: Du sagtest, ich sollte mich bei einer

Entscheidung, ob ich einen der weiteren Steine brauchte, immer auf meine Intuition verlassen. Für dich ist die Intuition viel mehr als nur ein vages Gefühl oder eine innere Stimme, für dich ist sie die Stimme Gottes, hast du zu mir gesagt. Das fand ich unglaublich klar und ermutigend!" Jesper klopfte sich mit seiner flachen Hand zweimal auf sein Herz.

„Was waren das für Vorschläge?", fragte ich Leif, der unser Zusammensein am Feuer sichtlich genoss und sehr zufrieden wirkte.

„Der dritte Stein könnte beispielsweise ein hilfreicher *Wegbegleiter* oder *Rückenwindgeber* sein. Ein Mensch, dem man vertraut und mit dem man sich regelmäßig treffen kann. Ein Mensch, der einen auf dem neuen Weg bestärkt und mit dem man seine Erfahrungen und Erlebnisse teilt. Oder auch eine Gruppe von Gleichgesinnten. Nicht umsonst gibt es ja Selbsthilfegruppen für alle möglichen Probleme und die gelten auch als extrem hilfreich auf dem Weg zum Riesenbesiegen. Der vierte Stein kann eine kreative Ausdrucksform sein: Schreiben, Singen, Tanzen – alles, was dabei hilft, die Angst auszudrücken und sie auf diese Art und Weise nach außen zu kehren. Und der fünfte Stein kann das Gebet sein. Aber das sind nur meine persönlichen ‚Steinfüllungen'. Es liegt in der Natur der Sache, dass jeder Mensch den Steinen drei, vier und fünf andere Bedeutungen geben würde, weil die Wege durch die Angst so unterschiedlich sind wie die Menschen selbst. Was aber allen gemein ist, ist die Tatsache, dass ihre Ängste ihren Gedanken entspringen und nicht ihrem Herzen."

Ich war tief beeindruckt davon, mit welcher Offenheit die beiden ihre Geschichte mit mir teilten, und natürlich hatte ich mir bei Leifs Erklärung auch meine persönlichen Steinbedeutungen vor Augen gehalten, die sich ziemlich stark mit seinen deckten. Was keine große Überraschung war.

Jesper spannte noch einen abschließenden Bogen: „Auf meiner Reise in meine Ängste traf ich übrigens nicht nur den ängstlichen kleinen Jungen. Dadurch, dass mein inneres Kind Zutrauen fasste, kam ich erst wirklich in meinem Mannsein an. Und es gab noch eine weitere Seite der Beschäftigung mit meinem inneren Kind: Je sicherer und geliebter sich der ängstliche Junge mit der Zeit fühlte und je mehr er wieder Vertrauen auf das Leben fassen konnte, desto mehr kehrte meine ursprüngliche Lust am Leben wieder von innen nach außen, auch die Lust auf Abenteuer. Es gab viele, viele Lagerfeuer in meinem Leben, die ich ganz bewusst und tief genießen konnte, ohne in die Vergangenheit oder Zukunft abzuschweifen." Jesper schaute zu Leif herüber. „Ich bin so unendlich dankbar, dass du mir damals begegnet bist!"

„Oh, diesen Dank gebe ich gerne zurück!" Leif stand kurz auf und verneigte sich vor Jesper.

Auch Jesper stand auf und verneigte sich vor dem alten Mann. Es kehrte Stille ein am Feuer, bis Jesper sich irgendwann an seinen ursprünglichen Plan erinnerte.

„Puh, jetzt ist es wirklich spät geworden! Aber es war so gemütlich mit euch am Feuer! Ich will aber trotzdem noch hinaus auf das Riff, schließlich bin ich zum Angeln gekommen und das ist heute meine Abschiedstour!" Jesper schaute hinaus auf das Meer.

„Reist du wieder nach Nordnorwegen?" Leif wusste anscheinend von Jespers Plänen.

„Ja, morgen um elf Uhr geht der Flieger und ich werde die nächsten vier Monate dort oben sein."

„Wie schön", freute sich Leif. „Das ist so ein großartiger Job, den du da machst!"

„Wie? Das klingt jetzt aber nicht gerade nach EDV in einem mittelständischen Unternehmen." Ich war gespannt, was jetzt kommen würde. Schließlich war es ja Jespers größte Angst gewesen, irgendwann diesen Job in der EDV zu verlieren.

„Das stimmt wohl", lachte Jesper, und ich konnte förmlich fühlen, wie er seine Antwort genießen würde. Nein, er feierte sie sogar regelrecht. Dafür legte er seine Angelrute wieder beiseite und setzte sich wieder ans Feuer.

≈

„Der kleine Junge in mir hatte sich schon immer zutiefst zu Walen hingezogen gefühlt. Diese Verbundenheit mit den Tieren war so alt, dass ich mich nicht einmal richtig zurückbesinnen konnte, wann ich sie zum ersten Mal gespürt habe. Ich erinnere mich auf jeden Fall an einen Wal, den mein Urgroßvater aus Holz geschnitzt hatte und mit dem ich unzählige Stunden an einem kleinen Bach in meinem Heimatdorf spielte. Dieser Wal war auch das einzige Spielzeug, das bei mir im Bett lag, auch wenn er nicht gerade ein klassisches Kuscheltier war. Als Jugendlicher und junger Erwachsener hatte ich alles über Wale gelesen, was ich in die Finger bekommen konnte, Sachbücher, Erzählungen und jede Zeitschrift, in der ich einen Artikel über meine Lieblingstiere entdeckte. In meinem CD-Regal standen neben meiner Lieblingsmusik CDs mit Walgesängen und meinen ersten Hund taufte ich *Orca*. Ich fand damals allerdings nicht den Mut, mich auch beruflich mit Walen zu beschäftigen und vielleicht Meeresbiologie zu studieren oder auf einer Forschungsstation anzuheuern. Ich lebte in einer Beziehung mit einer Frau – oder eher sollte ich wohl sagen, mit einem kleinen Mädchen –, in der andere Pläne geschmiedet wurden. Und der kleine Junge in mir gab sich aus Angst vor Liebesverlust diesen Plänen hin. Ein solides Studium, ein gut bezahlter Job in einem florierenden Unternehmen,

Kinder, ein Haus im Grünen und einmal im Jahr in den gemeinsamen Familienurlaub fahren. Das eigene Leben als Kopie der Elterngeneration, das war es, was der kleine Junge und das kleine Mädchen sich damals als Lebensentwurf ausgedacht hatten!“ Jesper schüttelte den Kopf und sein Lächeln war dabei echt, aber auch ein bisschen wehmütig.

„Nach meinem Studium und einer Ausbildung heiratete ich das Mädchen, wir wurden Eltern, und ich trat die Stellung in dem Unternehmen an, dem ich immer noch die Treue hielt, als wir damals gemeinsam am Feuer saßen und ich um meinen Job fürchtete.“ Jesper machte eine Pause, sah zu dem alten Mann und trank einen Schluck aus seiner Wasserflasche.

„Und? Was machst du heute?“, fragte ich ungeduldig.

Es war Leif, der mir meine Frage beantwortete: „Tja, schon seit einigen Jahren bietet Jesper nun Walbeobachtungstouren an. Er war mein Guide in Nordnorwegen und in Südafrika. Er war es, der mich zu den Walen geführt hat!“ Er strahlte mich an und schien vor Stolz auf die Wahl seines Freundes fast zu platzen.

„Ja, ein erwachsener Mann kann eben seinem Herzen folgen!“ Auch Jesper sah sehr zufrieden aus, als er mir zunickte. „Und nicht nur ich habe durch meinen Kampf gegen meinen persönlichen Goliath meine Lebendigkeit zurückgewonnen, auch meine Frau ist durch ihre Wunden und Ängste gereist und aufgewacht. Heute sind wir als Mann und Frau auf unserer gemeinsamen Lebensreise unterwegs und diese Reise ist wirklich sehr bunt und sehr aufregend! Es ist kaum noch etwas übrig von unserer ursprünglichen Beziehungsidee. Ein initiierter Mann und eine initiierte Frau leben eben eine völlig andere Partnerschaft miteinander, als ein kleiner Junge und ein kleines Mädchen es könnten“, fasste Jesper seine Erfahrungen zusammen.

„Und du bietest jetzt wirklich Walbeobachtungstouren an?", fragte ich anerkennend nach, denn ich war tief beeindruckt von der Wende in Jespers Leben.

„Ja, das tue ich! Als der Schleier der Angst weggeschoben war, öffneten sich völlig neue Horizonte in meinem Leben, und ich konnte plötzlich auch wieder fühlen, dass mir die Wale immer noch so am Herzen lagen wie früher. Der Zeitpunkt war gekommen, endlich diesem Gefühl zu folgen und den Walen wirklich zu begegnen. Und ich sage dir, die erste Begegnung mit diesen Tieren war wirklich ein unbeschreibliches Erlebnis für mich. Ich konnte die Wale richtiggehend fühlen, sie mit dem Herzen sehen. Es war die heilsame Entdeckung einer verschütteten Gabe und gleichsam wusste ich jetzt auch um die Aufgabe in meinem Leben: Ich zeige den Menschen die Wale, um das Bewusstsein und die Herzen für diese Tiere zu öffnen, und engagiere mich für den Schutz ihrer Lebensräume."

„Das müssen wir feiern!", befand Leif völlig überraschend und holte aus seinem Rucksack eine zerdrückte Tafel Schokolade hervor. „Okay, sie ist nicht mehr so ganz ganz, aber immerhin halb ganz!"

Er teilte die halbe Schokolade in drei gleiche Stücke – zumindest probierte er es – und wählte dann freiwillig das kleinste Stück.

„Wenn jemand durch seine Wunden und Ängste gereist ist, werden die Lebenskarten oft noch mal völlig neu gemischt. Und ganz häufig führt einen die Lebensreise zurück auf alte und vertraute Herzenspfade. Und dann kann aus einem EDV'ler schon mal ein *Walflüsterer* werden!" Damit stupste er lächelnd Jesper an.

„Was für Wale sind denn um diese Jahreszeit in Nordnorwegen unterwegs?", wollte ich wissen.

„Oh, das werden hauptsächlich Buckelwale und Orcas sein", antwortete Jesper. „Die Wale schwimmen so dicht unter Land, weil zu dieser Jahreszeit die Heringe an die Küste kommen. Wie die Meerforellen die Tobiasfischschwärme vor sich herjagen, tun die Wale das mit den Heringsschwärmen. Es ist überall dasselbe – die Jäger folgen der Beute. Jetzt wird es aber wirklich Zeit, angeln zu gehen!"

Jesper legte den Beutel mit den Steinen zurück in den Rucksack, stand auf, umarmte zum Abschied erst Leif, dann mich, nahm seine Angel und watete hinaus auf das Riff.

Was für eine beeindruckende Begegnung, dachte ich im Stillen, als ich diesem mutigen und kraftvollen Mann hinterherblickte.

≈

Plötzlich ertönte lautes wildes Vogelgeschrei, und es stammte diesmal nicht von den beiden aggressiven Krähen, denn die dösten seelenruhig auf dem Dach einer der Strandhütten.

Es waren Kraniche, die auf ihrem großen Herbstzug zurück in ihre Winterquartiere über der Insel auftauchten. Dreißig, vierzig Vögel kreisten ein paar Runden über uns, bevor sie aufs offene Meer weiterflogen. In der Höhe, in der der Bussard den Krähen davongeflogen war.

Was in den nächsten eineinhalb Stunden folgte, war schier unglaublich, und hätte ich es nicht mit eigenen Augen gesehen, hätte ich es in das Reich der Fabeln verwiesen: Kranichschwarm um Kranichschwarm tauchte über uns auf, drehte drei, vier Runden über dem Strand und zog dann weiter über das offene Meer zum Ort seiner Bestimmung. Die Insel war ein Knotenpunkt in ihrer Navigation und das Kreisefliegen diente dazu, sich vor dem Weiterflug noch einmal Gewissheit über die Flugroute zu verschaffen.

Wenn sie sich „eingenordet" hatten, wurde aus einem ungeordneten Haufen wild kreischender Vögel wieder eine geordnete

V-Formation, in der der erste Vogel den Kurs bestimmte und alle anderen folgten. Die schwächeren Tiere flogen im Windschatten ihrer stärkeren Stammeskollegen im hinteren Teil der Formation. Darüber diskutierten die Vögel nicht, sie machten es einfach so und jeder im Stamm wusste seine Kräfte richtig einzuschätzen. Gut so, denn sonst würde der Ertrinkungstod auf dem Meer drohen …

≈

Wir blieben noch eine ganze Weile am Feuer sitzen, und erst als der letzte Kranichschwarm am Horizont verschwunden und der Abend längst über dem Meer hereingebrochen war, beschlossen wir, schlafen zu gehen.

Die Hocker ließen wir am Lagerfeuerplatz stehen, und als Leif auf dem Weg zu seinem Landrover war und ich mich auf der Terrasse noch einmal Richtung Meer umdrehte, stand Jesper immer noch auf dem Riff. Im Mondschein konnte ich seine Silhouette erkennen. Der *Walflüsterer* war in seinem Element.

Der dritte Tag

Visitenkarten des Lebens

In dem Augenblick, in dem man sich endgültig einer Aufgabe verschreibt, bewegt sich die Vorsehung auch. Alle möglichen Dinge, die sonst nie geschehen wären, geschehen, um einem zu helfen. Ein ganzer Strom von Ereignissen wird in Gang gesetzt durch die Entscheidung, und er sorgt zu den eigenen Gunsten für zahlreiche unvorhergesehene Zufälle, Begegnungen und materielle Hilfen, die sich kein Mensch vorher je so erträumt haben könnte. Was immer du kannst oder dir vorstellst, dass du es kannst, beginne es!

William Hutchison Murray

Früh am Morgen saß ich wieder auf der Terrasse des Ferienhauses und blickte aufs Wasser hinaus. Leifs Bild von unserem Innenleben als Meer ließ mich einfach nicht mehr los.

Heute lag ein friedliches, stilles Morgenmeer vor mir und genauso ruhig sah es in mir aus. Ich holte mein Tagebuch aus dem Haus, schlug die Doppelseite mit der Riffskizze auf und erweiterte sie um den Lagerfeuerplatz am Strand.

Die Seehunde tauchten wieder am Riff auf und schauten neugierig zum Strand. Vielleicht sahen sie Leif, der gerade um die Ecke des Ferienhauses kam und fröhlich *Heute angeln wir im Sitzen* sang, nach einer Melodie, die ich noch nie zuvor gehört hatte.

Ich nahm den alten Mann glücklich und dankbar in den Arm. „Gestern war so ein wundervoller Tag, tausend Dank!"

„Ja, das war wirklich ein wundervoller Tag und ein echtes Geschenk, dass Jesper uns auch noch begegnet ist!"

„Was für ein beeindruckender Mann", teilte ich die Freude über die Begegnung mit Leif.

„Ja, nicht wahr?", strahlte der Alte genauso glücklich wie gestern am Lagerfeuer. Er wirkte beinahe ein bisschen wie ein stolzer Vater. „Das liegt daran, dass er das Wort gefunden hat, das auf der Visitenkarte seines Lebens steht."

„Wie meinst du das? Was für ein Wort?", fragte ich nach.

„Auf meiner ersten Reise zu den Walen war Jesper mein Guide. Er hatte mich eingeladen, weil er zutiefst dankbar war für unsere Begegnung am Meer, diesem großen Wendepunkt in seinem Leben. Wir waren damals auf einem Fjord in Norwegen unterwegs. Um uns herum waren die Orcas dabei, Heringe zusammenzutreiben. Das Wasser kochte regelrecht und immer wieder stießen aus der Tiefe auch Buckelwale mit weit aufgerissenem Maul in den Fischschwarm hinein. Die Wale waren ein perfekt eingespieltes Team. Jesper erklärte uns die ganze Zeit voller Begeisterung, was da vor uns passierte. Er teilte sein Wissen bereitwillig mit den anderen fünf Menschen an Bord und er war der perfekte Walguide. Er hatte es förmlich im Blut, wo die Tiere als Nächstes auftauchen würden. Und er hielt immer genau den richtigen Abstand zu den Walen. Er fuhr uns dicht genug heran, um alles ganz intensiv miterleben zu können, aber er hielt auch immer genug Distanz, um die Tiere nicht zu bedrängen oder zu reizen. Und bei jeder Ausfahrt nahm er die Bootsbesatzung auch mit in seine Gedanken und Bemühungen um den Schutz dieser einzigartigen Meeresbewohner. Jeder, der sein Boot wieder verließ, war doppelt berührt. Zum einen von den Walbegegnungen und zum anderen von Jesper selbst. Jeder konnte spüren, dass er seine Gabe und Aufgabe im Leben gefunden hatte. Und diese Authentizität macht ihn auch so erfolgreich. Seine Touren sind im Schnitt immer schon zwei Jahre im Voraus ausgebucht. ‚Du bist wahrlich ein *Walflüsterer*', sagte ich eines Abends zu ihm, als wir nach der Rückkehr vom Fjord noch auf dem Bootssteg saßen und hinaus aufs Meer schauten. Er blickte mich an, umarmte mich und fing an zu weinen. Als wir unsere Umarmung wieder auflösten und er sich die Tränen aus dem Gesicht gewischt hatte, nickte er und sagte: ‚Ja, ich bin *Walflüsterer*!' Das war seine Berufung, sein Lebenszweck – das Wort, das auf der Visitenkarte seines Lebens stand."

Langsam begriff ich, worauf Leif hinauswollte. Bisher hatte ich Visitenkarten nur im beruflichen Zusammenhang gekannt. Die reichte man auf wichtigen Partys oder Veranstaltungen herum, um vielversprechende Kontakte zu bekommen und Geschäftsbeziehungen zu knüpfen. Darauf standen meistens die Kontaktdaten und der Beruf oder Aufgabenbereich. Aber Leif meinte etwas viel Tiefgreifenderes.

„Zum Abschied schnitt ich ihm aus einem Schuhkartondeckel eine Visitenkarte aus. Auf der Vorderseite stand in der Kopfzeile ‚*Jesper*' und darunter schrieb ich seine Gabe und Aufgabe, sein Wort auf der Visitenkarte seines Lebens: *Walflüsterer.* Auf die Rückseite schrieb ich den Satz: *Du bist ein mutiger, kraftvoller und freier Mann.* Als ich ihm die Karte überreichte, weinte er ein zweites Mal. Die Visitenkarte trägt er seitdem immer bei sich, genauso wie die fünf runden Steine", schloss Leif die Geschichte.

≈

Jesper hatte sein Wort auf der Visitenkarte seines Lebens gefunden, und ich war froh, als mir klar wurde, dass auch ich diesen wichtigen Schritt schon vollzogen hatte. Ich war ebenfalls bereits angekommen bei dem, wer und was ich im Grunde meines Herzens bin und was meine Aufgabe in dieser Welt ist. Auch wenn ich es noch nicht unter dem Aspekt der *Visitenkarte meines Lebens* gesehen hatte. Das Bild war aber so unmittelbar verständlich und hilfreich, wie Leifs kreative und doch so bodenständige Ideen und Vergleiche eigentlich immer waren.

Jesper hatte sein Wort von Leif bekommen und ich hatte meines selbst gefunden. Allerdings war es auch bei mir Leif gewesen, der mir bei meinen ersten Besuchen auf der Insel geholfen hatte, die Klarheit und den Mut wiederzufinden, die ich brauchte, um meine inneren Staudämme einzureißen und meine Gabe und Aufgabe im Leben wiederzuentdecken.

„Du hast damals vor zwölf Jahren zu mir gesagt, dass jeder mit einer Gabe und einer Aufgabe auf diese Welt kommt und es an jedem selbst liegt, diese Gabe und diese Aufgabe zu entdecken und mit Leben zu füllen", erinnerte ich mich an unsere letzte Begegnung.

„Ja, und wenn du die gefunden hast, dann begegnet dir auch dieses eine Wort, das deine Gabe und deine Aufgabe ausdrückt. Das ist die Essenz deines Seins. Und wenn du es aussprichst, hörst oder liest, sprudelt dein eigenes Leben aus dem Wort heraus und verbindet dich mit allem. Mit deinem Herzenswissen, mit der Erde, mit deinem Stamm, mit dir selbst und mit Gott. Und es öffnet dir immer wieder das Tor in das Hier und Jetzt", beschrieb Leif ganz konkret, was diese Wortfindung bedeutet.

„Und diese ‚Wortfindung' kann sich auf unterschiedliche Arten ereignen, oder?", wollte ich mich noch einmal vergewissern. „Entweder man findet sein Wort selbst oder jemand gibt es einem."

„Ja, es gibt diese beiden Möglichkeiten", nickte Leif, „aber am Ende ist es doch nur die eine."

„Wie meinst du das?"

„In beiden Fällen ist es letztlich deine Intuition, die entscheidet, ob das Wort wirklich stimmig für dich ist. Ob es dein Herz zum Jubeln bringt und dir einen wohligen Schauer über den Rücken laufen lässt. Wenn das Wort in dir aufpoppt, fühlst du diese Stimmigkeit, und genauso ist es, wenn ein anderer dir dieses Wort schenkt. Ob du wirklich mit diesem Wort auf Reisen gehst, entscheidet in beiden Fällen deine Intuition. Mit dem Verstand kann man es nicht finden. Das Wort findet man nur mit dem Herzen. Wann bist du eigentlich auf deins gestoßen?"

Leif sah mich an, wohl wissend, dass auf der Visitenkarte meines Lebens *Frickler* stand.

„Das war nach meiner zweiten Reise auf die Insel", antwortete ich und erinnerte mich noch einmal zurück. „Aber bevor ich beginne, die Geschichte zu erzählen, hole ich uns erst einmal unseren Morgenkaffee."

≈

Ich ging in die kleine Küche des Ferienhauses. Und da Kaffeetrinken allein manchmal nicht gemütlich genug ist, schleppte ich neben den gefüllten Kaffeetassen auch noch Schokoladenkekse und Cashewnüsse auf die Terrasse hinaus. Dann machte ich es mir mit meinem Kaffeebecher in der Hand gemütlich, bevor ich mit meiner Erzählung begann.

„Schon mein Opa war ein *Frickler*, genauso wie der alte Petterson aus *Petterson und Findus*, und wer die Innenansicht seiner Werkstatt auf sich wirken ließ, der ahnt, was der Segen des Frickelns ist: Es ist dieses verträumte Eintauchen in einen Mikrokosmos, in diese Welt, in der Erfüllung und Frieden für mich ihre Heimat haben", begann ich zu erzählen. „Als Jugendlicher habe ich auch schon gefrickelt. Ungezählte Stunden verbrachte ich in der Werkstatt meines Opas und versank in dieser Welt aus alten Werkzeugen, Brettern und den vielen Schubladen mit Kleinteilen. Es roch nach Maschinenöl und Sägespänen … und es roch nach Freiheit. Ich baute Drachen, Bögen und Seifenkisten, schnitzte Holzfiguren und reparierte Liegestühle. Dabei gab ich mich den Dingen hin, ohne nach dem Sinn zu fragen oder auf die Uhr zu schauen. Wenn ich Zeit hatte, war es keine Frage für mich, wo ich diese Zeit verbringen würde. *Frickeln* war meine Welt. Die Welt, in der ich vollständig bei mir war und in der ich die Unbeschwertheit des Lebens mit einer gottgegebenen Selbstverständlichkeit fließen ließ. Wenn ich frickeln konnte, war alles gut."

Beim Erzählen hatte ich die Werkstatt so klar vor meinem geistigen Auge, dass ich für einen kleinen Augenblick sogar vergaß, dass ich gerade mit Leif vor dem Ferienhaus saß.

„,Vom Frickeln kann man aber nicht leben', sagte mein Vater nach meinem Schulabschluss, als er mich an einem Nachmittag in meiner Frickelbude besuchte. Sonst besuchte er mich nie. ,Es ist Zeit, dass du etwas Ordentliches lernst, etwas Vernünftiges!' Ich machte eine Ausbildung und ein Studium und nach sieben Jahren stand dann *Diplom-Ingenieur* auf meiner Visitenkarte. Etwas Ordentliches und Vernünftiges. Diese berufliche Visitenkarte war die Karte, die ich bei geschäftlichen Terminen, Veranstaltungen und Konferenzen mit berechnendem Kalkül austauschte und die doch so wenig über mich als Mensch erzählte. Über meine Haltung zum Leben, meine Talente und meine Aufgabe hier auf der Erde. Meine berufliche Visitenkarte war ein nichtssagendes kleines Stück Papier. Und jede Messe, jede Konferenz war eine große Showbühne für mich, auf der nichtssagende, tote Stücke Papier ausgetauscht wurden. Du erinnerst dich sicherlich noch gut, wie ich damals daherkam!" Ich schaute Leif an, der mir die ganze Zeit aufmerksam zugehört hatte.

Leif konnte sich noch gut an unsere erste Begegnung erinnern. „Ja, damals kam wirklich *Der, der von der Angst gejagt wird* auf die Insel."

„Je mehr ich aber auf meiner Lebensreise wieder ins Fühlen kam – und die ersten beiden Aufenthalte auf der Insel waren wahrhaftig Leuchttürme auf diesem Weg gewesen! –, desto mehr strengte mich das alles nur noch an. Die Belanglosigkeit des Ganzen war so übermächtig, dass sie mein Leben irgendwann vollständig kontrollierte", beschrieb ich meinen damaligen Zustand.

„Ja, aber wann bist du auf das Wort gestoßen?", wollte Leif es ganz genau wissen und schaute mich mit einem Schokoladenkeks in der Hand neugierig an.

„Nach einem beschissenen Arbeitstag bin ich in der Werkstatt meines Opas gelandet. Eher zufällig. Die Werkstatt gab es immer noch, auch wenn mein Opa längst verstorben war. Ich war auf der Suche nach einer Wasserrohrzange, denn unter unserer Spüle in der Küche hatte sich eine Wasserlache gebildet. Und da stand ich dann im Businessoutfit in dieser Frickelbude. Meine Nase sog den Werkstattduft ein und ich setzte mich auf einen Holzhocker in der Ecke. Ich weiß nicht mehr, warum ich mich hingesetzt habe und wie lange ich da saß, aber ich folgte einem starken Gefühl. Ich sah mich um und mein Blick fiel auf die alten Holzhobel über der Werkstattbank. Wie oft hatte ich meinen Opa damit arbeiten sehen und wie stolz war ich gewesen, als er mir eines Tages einen der Hobel reichte, das Brett festhielt, auf den gezogenen Bleistiftstrich wies und sagte: ‚Jetzt bist du dran!' Es war eine Initiation gewesen und in Gedanken an diese Geschichte kam mir plötzlich mein Wort auf der Visitenkarte in den Sinn: *Ich bin ein Frickler!* Es war wie ein Erweckungserlebnis für mich." Ich schaute Leif freudestrahlend an.

„Ja, Erweckungserlebnis ist gut. So geht es allen Menschen, die ihr Wort finden", bestätigte Leif mein Glücksgefühl.

Meine Geschichte war aber noch nicht zu Ende … Der *Frickler* kehrte ans Stammesfeuer zurück, und es brauchte viel Geduld und Zeit, bis sich auch der Rest meiner Familie wieder dort einfand. Später gesellten sich auch Freunde hinzu und der Kreis um unser Feuer wurde größer und gleichzeitig immer vertrauter. Das Feuer war wieder der Platz für die Geschichten und Gemeinschaft der Herzen.

„Du hattest mir nach meiner zweiten Reise auf die Insel drei Fragen mit auf den Weg gegeben", sagte ich zu Leif. „Und diese Fragen waren sehr bedeutend für mich auf meinem Weg der Wortsuche: *Wo brennt dein Feuer? Wer sitzt mit dir am Feuer? Und welche Geschichten erzählst du?* An dem Abend in der Werkstatt fand ich endlich die Herzensantworten auf deine Fragen. Und was mir seither wieder bewusst ist, ist die Tatsache, dass ein Feuer immer mit Liebe gepflegt werden will. Es ist leicht, ein Feuer zu entfachen, aber es erfordert Willen, Disziplin und Achtsamkeit, es kraftvoll am Brennen zu erhalten. Ein Stammesfeuer zu unterhalten ist eine Entscheidung fürs Leben, im wahrsten Sinne des Wortes. Das kann nur ein initiierter Mann. Ein ängstlicher und verwundeter Junge ist viel zu sehr mit sich selbst beschäftigt."

Leif hatte immer noch den unberührten Keks in der Hand.

„Dein Keks wird welk!" Damit zeigte ich auf das Gebäck.

„Ach, den hab ich ja ganz vergessen. Deine Geschichte ist einfach so fesselnd", lachte Leif und nahm einen herzhaften Bissen von der Leckerei.

„Wie ist die Geschichte mit deinen Söhnen weitergegangen?", fragte mich das Krümelmonster in Wathose dann und sah mich mit erwartungsvollem Blick an.

„Als ich ans Stammesfeuer zurückkehrte und die beiden langsam wieder Vertrauen zu mir fassten, gingen wir auch immer öfter miteinander zum Angeln ans Meer. Ich hatte nicht nur mich selbst wiedergefunden, sondern auch die Geschichten, auf die meine Söhne die ganze Zeit gewartet hatten. Die Zeit der Kindergeschichten war in ihrem und in meinem Leben vorbei. Sie suchten damals auf dem Weg vom Kind zum Erwachsenen nach Geschichten, die sie in diesem Übergang bestärkten, begleiteten und ihnen Orientierung gaben. Nach Geschichten darüber, wie man vom Jungen zum Mann wird. Als ein Vater in seiner Kraft und Liebe wusste ich ja jetzt, wo mein Feuer brennt. Ich konnte meinen Söhnen nun die Geschichte meiner eigenen Initiation erzählen, die Erlebnisse von meinen ersten beiden Reisen auf die Insel und von meinen Begegnungen mit dir ... und mit mir selbst. Es war der *Frickler*, der mit seinen Söhnen am Feuer saß, ein Mann, der sich selbst und seine Gabe und Aufgabe im Leben endlich wertzuschätzen wusste. Ich erzählte meinen Söhnen von meiner Reise zurück in die Welt des Frickelns und auch die Geschichten, die mich aus dieser Welt vertrieben hatten."

Leif nickte mir aufmunternd zu, damit ich weiterredete.

„Mein jüngster Sohn ist auch ein *Frickler* und gemeinsam richteten wir uns im Garten einen alten Bauwagen als Frickelbude ein. Und dann passierte, was passieren musste ... Wer Frickelköder auswirft, der fängt Frickelfische. Mehr und mehr Freunde meines Sohnes kamen zu uns und wir frickelten gemeinsam. Wir bauten Bögen und schnitzten Pfeile, reparierten alte Fahrräder und bauten ein großes Floß, das wir mit den tollsten Extras ausstatteten. Das Floß fand seinen Liegeplatz an einem Holzsteg an unserem See, und wer Lust hatte, in See zu stechen, der stach in See. Ständig wurde das Floß erweitert und verfeinert. Genauso wie der Bauwagen stand den Jugendlichen das Floß jederzeit zur Verfügung und es wurde zu einem ihrer wichtigsten ‚Feuerplätze', genauso wie der Bauwagen."

Leif nickte zufrieden. Auch ohne Worte war klar, wie gut ihm diese Geschichte gefiel.

„Es war so, wie du es beschrieben hast: Das Wort auf der Visitenkarte deines Lebens ist deine Gabe und deine Aufgabe! Wer sein Wort gefunden hat, der lebt nicht einfach nur seine Talente aus, er findet auch seinen Platz im größeren Ganzen. Jedes einzelne meiner Erlebnisse war eine Geschichte, die meinen Söhnen ein wertvoller

Spiegel auf der Suche nach ihrem eigenen Wort war. Die geschichtenlose Zeit in unserer Familie gehört der Vergangenheit an und unser Stammesfeuer wird von allen mit viel Liebe gepflegt", beendete ich meine Erzählung.

Leif stand auf und umarmte mich. „Du bist wirklich ein toller Mann! Ich bin dankbar für unsere Begegnung und unsere gemeinsamen Geschichten", strahlte der alte Mann. „Sie wärmen mir das Herz! Du bist wahrhaftig ein *Frickler*!"

„Ja, das bin ich wirklich! Und ich verdiene noch nicht einmal meinen Lebensunterhalt mit dem Frickeln!"

„Das ist auch nicht der entscheidende Punkt", lächelte Leif. „Entscheidend ist, dass du das, was auf der Visitenkarte deines Lebens steht, immer wieder von innen nach außen kehrst! Und das tust du!"

Der alte Mann blickte hinauf in den Himmel. Der Bussard stieg wieder auf und begann, über dem Riff seine majestätischen Kreise zu ziehen. „Stell dir mal vor, du hast dieses Wort auf der Visitenkarte deines Lebens gefunden, und dann wirfst du jeden Tag den Köder *Jetzt-muss-ich-auch-davon-leben-können* aus. Was beißen dann wohl für Fische?" Dabei sah er mich mit einem verschmitzten Lächeln an.

„Na, vermutlich *Jetzt-musst-du-auch-davon-leben-können*-Fische!", antwortete ich und fing an zu lachen.

„Genau! Und es gibt keine größeren Druckfische im Leben als die *Jetzt-musst-du-auch-davon-leben-können*-Fische. Sie tragen den Geschmack von Stress, Bitterkeit und Hoffnungslosigkeit in sich. Das ist die Energie, mit der du dich dann tagtäglich speist."

„Weiß ich nur zu genau", stimmte ich Leif zu. „Als mein Vater damals zu mir sagte, ich sollte etwas Ordentliches lernen, gab ich das Frickeln auf. Statt zu sagen: ‚Mein tägliches Brot verdiene ich mir mit einer anderen Tätigkeit, aber in meinem Herzen bin ich ein *Frickler*', verlor ich mich selbst. Dabei ist das gar keine Entweder-oder-Entscheidung. Schließlich verdiene ich mein Geld heute immer noch als Ingenieur, aber ich bin ein *Frickler* und ich stehe dazu!", lachte ich. „Und seit ich das nicht mehr verleugne und anerkenne, dass ich meinen Lebensunterhalt eben irgendwie anders verdienen muss, also nicht mehr mit der Wahrheit in meinem Leben streite, habe ich meinen Frieden gefunden."

„Eben!", lächelte Leif. „Ein Tag hat vierundzwanzig Stunden und deine Wochenarbeitszeit beträgt vierzig Stunden. Da bleiben hundertachtundzwanzig Stunden Frickelzeit."

„Achtzig Stunden!", korrigierte ich ihn. „Mein Schlaf ist mir heilig! Aber diese Rechnung macht eines schon sehr klar: Jeder Mensch hat genügend Lebenszeit zur Verfügung, um sein Wort zu finden und auszuleben. Und das Geldverdienen kann, muss aber nicht mit dem Wort auf der Karte einhergehen. Wenn die Druckfische beißen, sollte man nicht mit der Wahrheit streiten! Zu sagen: ‚Der Diplom-Ingenieur ist ein Frickler', ist ein völlig anderes Selbstverständnis, als den Frickler zu verleugnen oder kleinzureden."

Leif nickte. „Denk nur mal an die vielen Künstler, die hier auf der Insel ihre Galerien und Werkstätten haben. Maler, Keramiker, Goldschmiede, Fotografen, Glasbläser und Musiker. Sie leben für ihre Kunst und doch können sie davon nicht das ganze Jahr ihren Lebensunterhalt bestreiten, dafür ist die touristische Saison auf der Insel viel zu kurz. Aber sie brennen jedes Jahr darauf, ihre Kunst drei, vier Monate zu präsentieren und zu verkaufen. Und wenn man sie fragen würde, was ihr Herz höherschlagen lässt, wäre das sicher etwas Künstlerisches. Die anderen Monate des Jahres verdienen sie ihr Geld anders, aber sie arbeiten doch ständig an ihrer Kunst und leben ihren inneren Kern." „Sie machen sich keinen Druck!"

Uns ging der Kaffee aus und auch die Schokoladenkekse waren leer. Ich machte mich auf den Weg ins Ferienhaus, um für Nachschub zu sorgen.

≈

Vom Fenster der kleinen Küche aus konnte ich sehen, dass Leif aufstand und ans Meer ging. Er sammelte Steine. Mir wurde bewusst, dass ich immer noch nicht wusste, wie Leif eigentlich auf das Wort auf der Visitenkarte seines Lebens gekommen war. Ob er es selbst gefunden hatte oder ob jemand ihm dieses Wort geschenkt hatte?

„Wie bist du eigentlich auf dein Wort gestoßen?“, fragte ich ihn, als er mit einer Handvoll Steinen zurück auf die Terrasse kam.

„Oh, das ist eine etwas längere Geschichte! Willst du sie wirklich hören?“, schmunzelte er und begann dann mit seiner Erzählung, ohne meine Antwort abzuwarten. Dass ich sie hören wollte, war sowieso klar, und es war eine Geschichte, die er von Herzen gern erzählte.

„Eine alte Frau hat mir mein Wort gegeben. Sie war die Ehefrau eines Ältesten von einem Stamm der First Nations. Auf der Visitenkarte ihres Lebens stand *Seelenheilerin* und sie arbeitete mit Frauen. Ihre Medizin war die Hingabe an das Leben, die Vergebung und die Liebe. Mit dieser Medizin heilte sie traumatisierte, missbrauchte, ängstliche kleine Mädchen und öffnete ihnen so das Tor zurück in ihren eigenen Kreis, in ihr kraftvolles und liebevolles Frausein. Sie reiste viel herum, hielt Workshops und Vorträge über ihre Arbeit und sie teilte das alte Wissen des Stammes mit den Menschen. Und eines Tages kam sie auch hierher. Sie hatte von mir und meiner Arbeit am Meer gehört und wusste, dass ich mit

Männern auf die Jagd ging und dass diese Jagd eine innere und eine äußere Reise für mich und die Teilnehmer war. Und sie verstand, dass ich die Männer am Meer zurück in ihre Mitte holte."

Spannend – aber eigentlich war es ja nur logisch, dass es auch noch viele andere Menschen gab, die eine ähnliche Arbeit machten wie Leif.

„Eines Tages sprachen wir erneut über meine Arbeit, und ich lud sie ein, mit mir und ein paar Männern, mit denen ich zu der Zeit gemeinsam unterwegs war, am Feuer zu sitzen. Sie nahm die Einladung sofort an, und ich war glücklich und stolz, dass sie bei uns war. Ihre Kräfte reichten nicht mehr für einen ganzen Tag am Wasser, aber sie verbrachte den Nachmittag und den Abend mit uns. Einer der Männer fing an diesem Tag seinen ersten Fisch und wir feierten ihn als erfolgreichen Jäger und dankten gemeinsam für die Gabe. Der Anblick, wie sie mit den Männern am Feuer saß, ist mir noch heute vor Augen. An diesem Tag erzählte sie den Männern von der Jagd, von den Gaben und Aufgaben im Stammesleben und davon, was für sie ein initiierter Mann in seiner Kraft ist. Ihre Geschichten erwärmten unsere Herzen."

Während Leif erzählte, meinte ich, diese ungewöhnliche Runde beinahe bildlich vor mir zu sehen.

Leif fuhr fort: „Wir blieben bis zum Sonnenuntergang am Strand und auf dem Rückweg stellte sie mir drei Fragen. Die erste lautete: *Woher weißt du das, was du da tust?* Die zweite: *Weißt du es von deinem Vater*? Und die dritte: *Weißt du es von deinem Großvater?* Ich war im ersten Moment völlig überrascht, wie einfach diese Fragen waren und wie sie mich doch im tiefsten Inneren berührten. Ich suchte nach Antworten, doch ich fand keine. Was ich fand, waren nur Bruchstücke, und jedes einzelne davon wäre zu klein gewesen, um eine dieser Fragen wirklich stimmig zu beantworten. ‚Ich weiß es nicht!‘, antwortete ich schließlich. ‚Du bist ein *Birdtriber*!‘, sagte sie da unvermittelt. Für die alte Frau war völlig klar, welches Wort auf der Visitenkarte meines Lebens stand.

‚*Birdtriber*?‘, fragte ich nach, denn ich hatte das Wort noch nie gehört. ‚Ja, *Birdtriber*!‘ “

Leif sah mich ganz stolz an, aber ich konnte nur mit den Achseln zucken. Was war denn bloß ein *Birdtriber*?

„Ich kannte das Wort auch nicht, aber sie erzählte mir von der Aufgabe und Berufung, die es bedeutet, ein *Birdtriber* zu sein – ein Hüter des alten spirituellen Wissens. Ihre Aufgabe im Stamm war es, das Wissen zu bewahren und an die nächste Generation weiterzugeben. Zum Beispiel das Wissen darum, dass wir eine Verantwortung für die Erde haben, dass wir mit allen Geschöpfen und Elementen verbunden sind, dass wir die Initiatoren unserer Kinder sind und dass unser Herzenswissen uns durchs Leben trägt. Ich hörte dieses Wort in diesem Moment zum ersten Mal, doch es fühlte sich so warm und so vertraut an, dass ich in diesem Augenblick am liebsten voller Inbrunst in die Welt gerufen hätte: ‚*ICH BIN EIN BIRDTRIBER!*‘ Worte können so mächtig sein! Und ich glaube, es ist einer der wichtigsten Momente im Leben eines Menschen, wenn er sein Wort findet. Es ist der Moment, in dem du Gott wieder berührst.“

„Was für eine Geschichte! Großartig!“

Leif hatte mir auf unseren gemeinsamen Touren wirklich viele Geschichten erzählt, aber es war ganz deutlich zu spüren, dass diese eine ganz besondere Herzensgeschichte für ihn war.

„Warte… “, Leif griff in die Innenseite seiner Watjacke und holte tatsächlich eine Visitenkarte hervor. Die Karte war sorgsam in einer wasserdichten Hülle eingepackt. Auf dem kleinen Stück Karton stand *Birdtriber.* In der Kopfzeile *Leif*, und als er die Karte umdrehte, stand dort der wunderbare Satz: *Du bist ein weiser, liebevoller und mutiger Mann.*

„Der *Walflüsterer* hat sie mir geschenkt!“, sagte Leif und steckte die Karte zurück in seine Watjacke.

Ich fand es eine richtig gute Idee, seine Visitenkarte des Lebens tatsächlich bei sich zu tragen. Für den Abend nahm ich mir vor, mir auch meine Visitenkarte zu gestalten. Im Flur des Ferienhauses stand noch der Karton von meinen neuen Watschuhen, der mir gut gefallen hatte. Das war auch der Grund, warum er immer noch im Flur stand und nicht längst im Müllcontainer verschwunden war. Jetzt gab es endlich eine Bestimmung für den Karton!

Ich erinnerte mich an die drei Fragen, die Leif mir nach meiner zweiten Reise mit auf den Weg gegeben hatte, um meiner Gabe und Aufgabe im Leben auf die Spur zu kommen. Diese Fragen hatten mich letztlich auf die richtige Fährte gebracht, und wahrscheinlich gab es noch eine Reihe weiterer Fragen, die Menschen helfen konnten, ihr Wort auf der Visitenkarte des Lebens zu finden. Und wie ich Leif kannte, würde er nicht lange überlegen müssen, um mir gleich eine ganze Liste davon zu nennen.

„Gibt es für dich weitere Fragen, die den Menschen als Leuchtturm auf ihrer Visitenkarten-Wortsuche dienen können?“, fragte ich ihn daher gleich und verteilte noch eine Runde Kekse. „Fragen, die mit der darin verborgenen Wahrheit den Kurs in den richtigen Hafen mitbestimmen können?“

„Aber klar!“, nickte er. „Und wer diese Fragen ehrlich für sich beantwortet, der kommt seinem Wort Stück für Stück näher!“ Und schon begann er damit, diese kleinen Wegweiser mit mir zu teilen:

Was sind deine Talente?
Was macht dir am meisten Freude?
Was sind deine zwei Lieblingsfilme und was bewegt dich in diesen Filmen besonders?
Welche fünf Menschen haben dich auf deiner bisherigen Lebensreise besonders beeindruckt und warum?
In welcher Landschaft fühlst du dich zu Hause?
Fühlst du dich mit bestimmten Tieren, Pflanzen oder Steinen verbunden? Wenn ja, warum?
Was sind die drei Lieblingsgeschichten, die du gern am Lagerfeuer über dich selbst erzählst? Wähle eine Geschichte aus deiner Kindheit, eine Geschichte aus der Jugendzeit und eine Geschichte von heute.
Mit wem solltest du dich endlich versöhnen?… Und mit wem noch?
Was hast du als Kind besonders gern getan?
Wofür brennt dein Herzensfeuer?
Welche zehn Personen, außer deinen Familienmitgliedern, sitzen mit dir an deinem Feuer?
Worüber kannst du weinen?
Stell dir vor, du hast drei Jahre Zeit zu tun und zu lassen, was du willst. Was tust du?
Hast du einen Kraftplatz? Wenn ja, wo liegt der?
Wann bist du gern mit dir selbst zusammen?
Welche drei positiven Eigenschaften stehen auf der Rückseite deiner Visitenkarte?
Welche kleinmachenden, ängstlichen und einschränkenden Gedanken wirfst du in dein Universum und welche Fische fängst du mit diesen Ködern?
Wie lauten die kraftvollen, wertschätzenden, liebevollen und freiheitlichen Gedanken, mit denen du dich wirklich lebendig fühlst? Und welche Fische beißen bei solchen Gedanken?

Was könnte endlich aus deinem Leben verschwinden, um es übersichtlicher und klarer zu machen?
Was ist deine Aufgabe im Leben?

„Wow, das sind wirklich spannende Fragen!", sagte ich und hätte mich am liebsten gedanklich gleich noch mit einigen davon beschäftigt. Aber das war jetzt nicht dran. „Eins weiß ich auf alle Fälle ganz genau." Ich schaute den alten Mann an. „Du sitzt immer an meinem Feuer – leibhaftig oder in Gedanken!"

„Was für eine Ehre!" Leif legte ehrlich erfreut seine Hand auf sein Herz.

„Es gibt *Walflüsterer, Birdtriber, Frickler, Seelenheiler, Wegbegleiter, Rückenwindgeber, Bäumepflanzer …*", begann ich damit, die Visitenkartenworte des Lebens aufzuzählen, die uns auf dieser Reise bisher begegnet waren, auch wenn wir uns noch nicht darüber unterhalten hatten, wie *Bäumepflanzer* eigentlich zu seinem Wort gekommen war.

„Das ist doch schon eine sehr lebendige und kraftvolle Aufzählung. Im Laufe der Jahre sind mir noch viele andere wundervolle Menschen mit ihren Visitenkarten des Lebens begegnet!", nahm Leif die Spur meiner Aufzählung auf: „*Friedensbotschafter, Glücklichmacher, Naturbewahrer, Gemeinschaftsstifter, Bildweltenschöpfer, Tonkünstler, Talentförderer, Meeresforscher, Flügelverleiher, Weltenbummler, Wiederzusammenbringer, Herzöffner, Wahrheitsager, Neuesentdecker, Bogenkünstler, Geburtshelfer, Lebensbejaher, Veränderungsadvokat, Ideenbefeurer, Zahlenjongleur, Schatzsucher, Rennradretter, Zuhörheld, Wunscherfüller, Zufluchtgeber, Freiheitskämpfer, Geschichtenerzähler, Mitreißer, Nachdenker, Schönheitverbreiter, Chaosordner, Wachsenlasser, Lebensumarmer, Mundwerker, Erlebnissammler, Kräuterkenner, Strandläufer, Buntmacher …* Die Liste lässt sich endlos fortsetzen, und viele Wörter sind noch gar nicht erfunden, weil sie genauso einmalig und individuell sind wie die Menschen, die sie beschreiben."

„Du hast *Krümelmonster* vergessen!" Ich musste schmunzeln, weil Leif es doch tatsächlich geschafft hatte, auch noch zwei Kekse zu vertilgen, während er diese umwerfende Liste herunterratterte, scheinbar ohne auch nur darüber nachdenken zu müssen.

„Meine Enkel haben das *Krümelmonster* geliebt!", lachte Leif und nahm demonstrativ den letzten Keks aus der Packung.

Dann verabschiedeten wir uns, denn Leif wollte an diesem Tag nicht mit zum Angeln hinausgehen.

„Eine Woche durchgehend angeln, das schaffe ich nicht mehr", hatte er mir schon vor meiner Anreise gesagt.

Ich war dankbar für die Ehrlichkeit des alten Mannes, und noch viel dankbarer war ich für die Tage, die wir gemeinsam hatten. Jede einzelne Minute war ein Geschenk!

Wir verabschiedeten uns und jeder ging seinen Weg. Als ich an Leif hinunterblickte, fragte ich mich kurz, warum der alten Mann seine Wathose überhaupt angezogen hatte, und erinnerte mich dann daran, wie er auf der letzten Reise zu mir sagte: „Die trage ich immer!"

≈

Ich ging ins Ferienhaus, holte meinen Fliege-Bindestock und schraubte ihn am kleinen Holztisch auf der Terrasse fest. Ich hatte Lust, ein paar Fliegen zu binden, denn es gab kaum ein größeres Erlebnis für mich als Fliegenfischer, als einen Fisch auf eine selbst gebundene Fliege überlistet zu haben.

Mithilfe des Bindestocks ließ sich der Haken fixieren, und ich hatte beide Hände frei, um in aller Seelenruhe alles auf den Haken zu binden, was ich daraufbinden wollte.

Die Angelgeschäfte waren voll mit Bindematerial. Wer zum Beispiel eine *Sandgarnele* basteln wollte, der brauchte völlig andere Materialien als jemand, der vorhatte, einen *Tobiasfisch*, einen *Tangläufer* oder einen *Seeringelwurm* zu binden.

Schicht um Schicht wurden die unterschiedlichen Materialien aus Fellen, Federn, Kunststoffen, oder was man sonst so benutzte, auf dem Haken fixiert, bis das, was dort im Bindestock steckte, möglichst nah an das Original aus der Natur herankam. So war es zumindest beim Nachbinden von natürlichen Ködermustern wie Fischen, Würmern oder Krebstierchen.

Die Alternative zu den natürlichen Köderformen waren die sogenannten *Reizmuster.* Losgelöst von der Evolution und von dem, was da wirklich im und am Wasser lebte, gab es beim Binden von Reizmustern nicht einmal im Ansatz das Bestreben, sich möglichst nah an das Original heranzuarbeiten, sondern erlaubt war alles, was dem Binder gerade so einfiel. Obwohl auch das von eingefleischten Freaks natürlich ganz anders gesehen wurde.

Die Reizfliegen sollten, wie der Name schon sagt, die Fische schlicht und einfach reizen, und zwar so lange, bis die Schuppenträger vor lauter Wut über den vermeintlichen Aggressor herfielen. Eine Methode, die auch bei aufsteigenden Lachsen in größere Flüsse durchaus erfolgreich war. Ließen die Fische sich allerdings nicht provozieren, sahen die Angler mit ihren Reizfliegen ziemlich alt aus. Aber es gab immer Fische, die die Nerven verloren …

Jede Fliege bekam in der Szene einen Namen und unter den natürlichen Fliegenmustern fanden sich der *Seeringelwurm,* der

Sandaal, der *Flohkrebs,* die *Grundel,* der *Tangläufer* oder die *Sandgarnele.* Es gab auch Bindewettbewerbe, bei denen die Arbeiten der Fliegenbinder anschließend bewertet wurden. Und wie überall im Leben gab es auch unter den Fliegenbindern echte Helden. Vielleicht waren es auch diese Helden, die vorgaben, dass man bestimmte Muster auch nur mit bestimmten Materialien binden durfte, sonst verdienten die Fliegen in der bisweilen dogmatischen Szene ihren Namen nicht.

Das führte in der Praxis sogar dazu, dass einige Fliegenfischer glaubten, eine selbst gebundene Fliege würde schon dann keine Fische mehr fangen, wenn man auch nur eine einzige Originalmaterial-Zutat durch eine andere ersetzte, was oft genug schlicht und einfach dem Portemonnaie geschuldet war. Oder wenn man sich sogar erdreistete, einen Teil der ursprünglich gedachten Materialien einfach wegzulassen.

Zu diesen Dogmatikern hatte ich übrigens auch gehört, bis Leif mir auf meiner zweiten Reise seine Version der *Polar Magnus* in die Hand drückte, eine Ausführung, bei der jeder Dogmatiker glatt vom Stuhl vor dem Bindestock gefallen wäre.

Ja, es gab sie tatsächlich in der Branche, die echten Bindestock-Rebellen. Sie pfiffen auf engstirnige Vorschriften und kehrten lieber ihre eigene Kreativität von innen nach außen. Dabei veränderten sie unausweichlich auch die vermeintlich besten Materialzusammenstellungen und sie gaben ihren neu kreierten Fliegenmustern voller Freude eigene Namen. Und so kam es, dass an der Küste Fliegen geschwungen wurden, die die Namen von Ehefrauen, Fußballspielern oder Lieblingswhiskeys trugen.

Die selbst gebundenen Lieblingsfliegen von *Bäumepflanzer* hießen *Garnelen-Anja, Meet & Greet-Magnus* und *Schweinsteiger Night.* *Bäumepflanzer* war es auch, der der tiefen Überzeugung war, dass eine Meerforelle im Fressrausch auf alles beißt, was sich bewegt, auch auf ein schnell eingestripptes Gummiband. Den Beweis, dass diese gewagte These tatsächlich genau so in der Praxis eintritt, musste er allerdings immer noch antreten. Aber immerhin lag das Gummiband schon in seiner Köderbox …

Mein selbst gebundenes Lieblingsmuster hieß *Rocky Horror* und es hatte mir nicht nur zahlreiche Meerforellen beschert; langsam eingestrippt fiel auch so mancher Dorsch auf die Fliege herein.

Weitere von mir selbst entworfene Muster waren die Köder *Starsky & Hutch,* die *Hole in one* und die *Crazy Horse.*

Während ich die *Rocky Horror* gern bei ruhigem Wetter und kalten Wassertemperaturen fischte, kamen die anderen drei hauptsächlich bei richtigem Wellengang oder, wie *Bäumepflanzer* zu sagen pflegte, bei „Schweinewetter" zum Einsatz.

≈

Ich band an diesem Vormittag zwei Fliegen meiner *Polar-Magnus-*Version und klemmte sie anschließend in einen kleinen Trockenständer auf dem Tisch. Hier konnte der Bindelack in aller Ruhe aushärten und so der Kreation am Ende wirklich Halt geben.

Ich blickte hinaus aufs Meer und freute mich jetzt auf eine Verabredung, die ich schon vor der Reise für mich getroffen hatte – ich wollte noch einmal den Strand besuchen, an dem ich meinen ersten Aufenthalt hier verbracht hatte, den „Bin am Meer"-Strand, der sich so tief in mein Herz gebrannt hatte und an dem meine innere Reise vor fünfzehn Jahren begonnen hatte. Er lag rund eineinhalb Stunden Fußweg von meinem Ferienhaus entfernt.

Ich nahm also meinen gepackten Rucksack und meine Fliegenrute und machte mich auf den Weg.

Für einen Tag im Oktober kam das Wetter geradezu sommerlich daher, und ich entschloss mich kurzerhand, Wathose und Schuhe auszuziehen, an den Rucksack zu binden und die Strecke barfuß zu gehen, eine Strecke, wie sie schöner kaum sein konnte. Mit jedem Schritt sanken meine Füße etwas in den nassen Strandsand und immer wieder blieben einige der feinen Sandkörner zwischen meinen Zehen kleben. Ich wanderte über Miesmuschelschalen, kleine Treibhölzer, Seegras und immer wieder über die runden Steine, von denen Leif fünf für seine David-und-Goliath-Geschichte gesammelt hatte.

Die runden Angstbesieger wurden im Spülsaum von jeder anrollenden Welle kräftig durcheinandergewirbelt und an immer neue Orte gespült. Für einen kurzen Augenblick lagen sie dann an einem neuen Platz, bis die nächste Welle auflief und sie erneut versetzte. Die Steine gaben sich den Wellen hin … und auch die Wellen, die die Steine durcheinanderwirbelten, ließen sich von Winden und Strömungen formen und bewegen. Jede Welle war einzigartig in ihrer Form, und sie lief so lange auf den Strand zu, bis sie brach und auf dem Sand auslief. Wenn der Wind nicht schon vorher einschlief und mit ihm die Welle, irgendwo draußen auf dem Meer …

≈

An diesem Nachmittag erinnerten mich die Steine und die Wellen noch einmal an die Anmut der Hingabe. „Gib dich dem Leben hin, du hast sowieso nichts unter Kontrolle!“ Diese Erkenntnis war vor den drei Reisen auf die Insel allerdings alles andere als selbstverständlich für mich gewesen.

Ich hatte ein Dasein geführt, in dem das Leben selbst zum Hochsicherheitstrakt geworden war. In dem mein Verstand glaubte, das

Leben selbst kontrollieren zu können. So wie der Mann bei seinem morgendlichen Ausflug aufs Riff und die Molengänger das Wetter. Mein Verstand konnte sich nicht hingeben, mein Verstand wollte Kontrolle! Ich besaß zwei Lebensversicherungen, einen mannshohen Gartenzaun, drei Fahrradhelme, einen Ordner mit den Ergebnissen meiner Vorsorgeuntersuchungen, eine ganze Sammlung Sonnenschutzcremes mit den Lichtschutzfaktoren vierzig und fünfzig, und beim Laufen trug ich eine Kopflampe, Reflektoren an Armen und Beinen und ein Handy in einer kleinen Brusttasche der Laufjacke, falls mir etwas zustoßen sollte …

Ich war eineinhalb Jahrzehnte lang in allen Bereichen meines Lebens auf Sicherheit bedacht und wurde dabei immer ängstlicher. Mein Leben war ein Spiegel meiner Köderboxen!

„In deinem Vorgarten sieht es aus wie in dir! Alles geharkt und ordentlich, und wenn irgendwo Leben auftaucht, reißt du es raus oder du besprühst es mit Gift", kommentierte *Bäumepflanzer* damals trocken.

Ja, so sah es aus, mein Leben im selbst kreierten Hochsicherheitstrakt. Ein Leben, in dem mein Herz darauf wartete, dass mein Verstand endlich in das Hier und Jetzt zurückkehrte. Alles Wilde war verschwunden!

„Garage raus, Garage rein", so beschrieb *Bäumepflanzer* mein Leben, und er war es auch, der mich zu meiner ersten Reise auf die Insel ermutigte.

Wir saßen damals auf einer Bank in seinem Garten und lasen in einem Outdoormagazin. Darin stießen wir auf eine Anzeige von Leif. Klar war ich neugierig, aber *Bäumepflanzer* gab mir letztlich den Tritt in den Hintern, aktiv zu werden. „Den rufst du jetzt an!"

Zum Glück war ich an diesem Abend schlau genug gewesen, auf *Bäumepflanzer* zu hören und tatsächlich bei dem Typen von der Anzeige anzurufen – Leif.

≈

Bäumepflanzer hatte schon viele Jahre vor mir sein Wort auf der Visitenkarte seines Lebens gefunden. Schon als ich ihn kennenlernte und er den legendären Satz aussprach: „Stell dir vor, es ist ein Dorfteich!", stellte er sich mir als *Bäumepflanzer* vor. Seinen bürgerlichen Namen erfuhr ich erst viel später.

Als ich ihn später einmal fragte, wer ihm den Namen *Bäumepflanzer* gegeben hätte, konnte er sich nicht mehr daran erinnern. „Vielleicht mein Onkel oder sonst irgendeiner aus dem Dorf?" Er war damals auf alle Fälle noch ganz klein gewesen. Und der Name war Programm. Schon seit jungen Jahren liebte und pflanzte er Bäume. Sie berührten ihn zutiefst im Herzen. Er hieß eben nicht nur *Bäumepflanzer*, er war auch durch und durch einer. Das waren seine Gabe und seine Aufgabe auf der Lebensreise.

Wenn er über Bäume sprach, öffnete er mit seiner Begeisterung seinen Zuhörern die Augen und das Herz wieder dafür, dass auf diesem Planeten alles mit allem verbunden ist und dass eine der ursprünglichsten Verbindungen die der Menschen mit den Bäumen ist. Die Bäume schenken den Menschen ihre Früchte, reinigen die Luft zum Atmen und spenden Schatten. Sie sind Zufluchts- und Kraftorte, speichern Wasser und schützen vor Wind und Regen. Ohne Bäume gäbe es keine Boote, keine Häuser, keine Sauna und kein Lagerfeuer. Ohne Bäume wären die Menschen längst in ihren Zelten erfroren.

Für *Bäumepflanzer* war es ein selbstverständlicher Teil seiner Lebensreise, auch sein Brennholz selbst zu produzieren. Es war für ihn ein Akt der Ehrlichkeit und des Respekts, bestimmte Bäume nur zu einem einzigen Zweck zu pflanzen: um sie später zu fällen und Brennholz aus ihnen zu machen.

Er besprach das mit den Bäumen. Für ihn war das ebenso selbstverständlich und ehrlich wie das Fangen der eigenen Fische mit der Angel. Brennholz aus dem Baumarkt war für ihn genauso entfremdet wie ein Lachs oder eine Forelle aus einer Fischfarm.

Bäumepflanzer war überzeugt: „Wenn du Bäume pflanzt, um Brennholz aus ihnen zu machen, und du weihst diese Bäume nicht ehrlich in deine Pläne ein, werden sie nicht wachsen!"

Das hatte *Bäumepflanzer* einmal zu mir gesagt, als wir durch einen seiner jungen, frisch angepflanzten Birkenhaine gingen. Ich musste damals an die unsäglichen Weihnachtsbaumplantagen denken und fragte mich, ob diese Bäume wohl in ihre Zukunft eingeweiht waren … aber sie wuchsen ja trotzdem.

„Für mich ist es nun einmal stimmig, das mit meinen Bäumen zu besprechen", sagte *Bäumepflanzer*, dem klar war, dass seine Theorie nicht komplett logisch war. Aber er konnte fühlen, dass es nicht in Ordnung war, seine Mitlebewesen einfach auszunutzen, ohne ihnen zumindest eine Art nominelles Mitspracherecht zu gewähren.

Die Zahl der Vater- und Mutterbäume, die inspiriert von seiner eigenen Geschichte gepflanzt worden waren und an denen mittlerweile landauf, landab Frauen und Männer saßen und sich mit ihren Müttern und Vätern unterhielten, konnte *Bäumepflanzer* nur schätzen. Allein in seiner Region gab es mittlerweile über zweihundert solcher Bäume, die balsamische Orte markierten.

Voller Stolz und mit einer liebevollen Selbstverständlichkeit trug *Bäumepflanzer* die Visitenkarte seines Lebens bei sich. Ohne diese Karte tatsächlich jemals in Händen gehalten zu haben …

≈

Auf meinem Weg zum „Bin am Meer"-Strand hielt ich Ausschau nach versteinerten Strandschätzen. Die Suche nach Donnerkeilen, Seeigeln, versteinerten Muscheln und Bernstein faszinierte mich einfach, und immer wieder kam es vor, dass ich zum Angeln an die Küste fuhr und mich dann, statt zu angeln, in den Steinen verlor.

Einen großen Bernstein, den ich an der Küste gefunden hatte, kurz nachdem ich eine meiner zwei Lebensversicherungen aufgelöst hatte, trug ich an einem Lederband als Kette.

Am späten Nachmittag erreichte ich die *Steilküste der Fremdbestimmung.* So hatte ich diesen Küstenabschnitt damals auf meiner ersten Reise getauft, nachdem Leif mir hier mit einer kleinen, einfachen Übung den Unterschied zwischen Freiheit und Selbstbestimmung vor Augen geführt hatte.

Der Klimawandel und der damit verbundene gestiegene Wasserspiegel hatten in der Zwischenzeit kräftig an der rauen Steilküste genagt, die hier die sanften Dünenlandschaften ablöste. Leif hatte mir erzählt, dass der Wasserspiegel in der letzten Dekade pro Jahr zwischen einem und drei Millimetern gestiegen war. Ein Ende dieses Anstiegs war noch nicht in Sicht. Im Gegenteil, er nahm sogar jedes Jahr weiter zu und es würde in Zukunft noch jede Menge Wasser aus den schmelzenden Gletschern über die Weltmeere verteilt werden.

Ein Millimeter Wasseranstieg auf die Fläche eines Meeres gerechnet ist wahrhaft ein großes Wasservolumen. Bleibt das Meer friedlich, merkt man es kaum, aber sobald ein Sturm heraufzieht und dieses Wasser in Bewegung setzt, kann man an den Küsten sehen, dass sie diesem Mehr an Volumen nicht gewachsen sind.

Die Küsten werden sich in Zukunft noch dramatisch verändern und den Anfang konnte ich an der *Küste der Fremdbestimmung* sehen. Einige der Bäume, die oben auf der Steilküste gewachsen waren, waren längst im Meer verschwunden, und auch die lange Holztreppe, die einmal an den Strand hinuntergeführt hatte, konnte ich nicht mehr entdecken. Das Meer hatte die Treppe einfach verschluckt.

Einige der Ferienhäuser, die vor vielen Jahren in einem sicheren Abstand zur Küste erbaut worden waren, kamen dem Abgrund jetzt jedes Jahr ein Stückchen näher. Den Besitzern, deren Häuser in der ersten Reihe am Wasser lagen, ging der Arsch längst auf Grundeis.

Es war eine raue, aber sehr schöne Küstenstrecke, die in Richtung des „Bin am Meer"-Strandes mit jedem Schritt wieder lieblicher wurde. Die Steilküste wurde von Dünen abgelöst und hinter ihnen tauchte wieder der Küstenwald auf.

Ich passierte den kleinen Bach, an dem ich damals so viel über das Leben der Meerforellen gelernt hatte, und es freute mich sehr zu sehen, wie viel Wasser der Bach so zeitig im Herbst schon führte. Wenn es weiter ab und zu regnete, würden die Meerforellen im Spätherbst ohne Probleme in ihre Geburtsbäche aufsteigen und für die nächste Generation Meerforellen sorgen können.

Als ich endlich von Weitem auf den „Bin am Meer"-Strand sah, hüpfte mein Herz vor Freude. Wie oft war ich in den vergangenen Jahren gedanklich an diesen Ort gereist und jetzt war ich tatsächlich wieder da! Und keiner da, der mich zwicken konnte …

Auch dieser Strand hatte sich in den vergangenen Jahren sehr verändert. Die Dünen, in denen wir damals unseren Mittagsschlaf gehalten hatten, gab es nicht mehr. Dafür waren neue entstanden, dort, wo ich damals das Feuerholz gesammelt hatte.

Ich nahm meinen Rucksack ab, legte mich an den Strand und tauchte wieder in die „Bin am Meer"-Welt meiner ersten Reise ein.

≈

Irgendwann muss ich eingeschlafen sein, denn als ich aufwachte, war die Sonne schon ein gutes Stück am Horizont entlanggewandert und in der Luft lag ein erster Hauch von Abendkühle.

Mein Blick fiel auf meine Fliegenrute, und ich erinnerte mich daran, dass ich unbedingt noch einmal zu dem großen *Landroverstein* hinauswaten wollte. Er lag draußen auf dem langen Riff hinter der nächsten Landspitze; ein idealer Stehstein zum Fischen. Hatte man den Stein erst einmal erobert, was mit einer nassen Wathose am Körper gar nicht so einfach war, bot er selbst bei auflaufenden Wellen einen guten Halt. Sogar eine meterhohe alte Welle konnte man auf dem Stein mit ein, zwei Ausfallschritten nach hinten austanzen. Doof nur, wenn man sich bei so einem rauen Seegang an die hintere Kante des Steines stellte …

Der Stein lag direkt vor tieferem, strömungsreichem Wasser, also an einem Ort, an dem sich die Meerforellen die Bäuche mit kleinen Fischen und Krebstierchen vollschlugen – zumindest in der Theorie. Der Platz passte auch perfekt zu meinen beschränkten Wurfkünsten, denn wenn ich es schaffte, die Fliege auch nur fünfzehn Meter weit gestreckt aufs Wasser zu bringen, hätte ich alle Chancen, eine Meerforelle an den Haken zu kriegen.

Ich band eine *Rocky Horror* an das Ende des Vorfachs und machte mich auf zu dem Riff mit dem *Landroverstein*. An der Landspitze mit dem Riffzugang lagen immer noch zahlreiche Steine, und schon auf dem Weg konnte ich eine kräftige Uferströmung erkennen, die sich zwischen den Strand und das Riff gefressen hatte.

Der Strömungsstreifen war rund zehn Meter breit und trug kleinere Treibhölzer und ein paar Schwanenfedern mit beeindruckender Geschwindigkeit Richtung offenes Meer.

Das Riff lag immer noch da, wo es immer gelegen hatte, und wahrscheinlich war auch der *Landroverstein* noch dort, wo er auf meiner ersten Reise gewesen war. Aber es war schlicht und einfach lebensgefährlich, durch diese breite Strömungsrinne zu waten.

Also setzte ich mich auf einen der größeren Steine und beobachtete das schnell fließende Wasser. Es gab keinen anderen Einstieg aufs Riff, und im Gegensatz zu den Molengängern wollte ich nicht mit der Wahrheit streiten und gab mich den Bedingungen hin, ohne zu hadern und ohne in Selbstmitleid zu verfallen.

≈

Als ich den Schwall auf der Wasseroberfläche mitten im Strömungsfilm das erste Mal sah, glaubte ich einen Wasserstrudel vor Augen zu haben, der sich durch das schnell fließende Wasser gebildet hatte.

Dann tauchte der Schwall an einer anderen Stelle erneut auf, und jetzt sah ich die Rückenflosse der Meerforelle und einen kurzen Augenblick später auch die Schwanzflosse, als der Fisch wieder in dem rauen Wasser verschwand.

Je länger ich das strömende Wasser beobachtete, desto mehr Fische konnte ich entdecken. In der Strömung jagten mindestens vier Meerforellen! Unglaublich!

Ich konnte allerdings nicht so richtig ausmachen, was die Räuber da eigentlich jagten. Waren es kleine Heringe oder Sandaale oder spülte das schnell fließende Wasser sogar Seeringelwürmer und Garnelen frei?

Ich blickte auf meine Fliegenrute und auf die *Rocky-Horror-*Fliege und musste lachen. Konnte ich die jagenden Fische wirklich mit dieser Eigenkreation überlisten? Sie sah weder aus wie ein Fisch, noch ähnelte sie einer Garnele oder einem Seeringelwurm.

„Die schielt", war *Bäumepflanzers* erster Kommentar gewesen, als er die schief eingebundenen, fluoreszierenden Augen der ersten *Rocky Horror* erblickte.

Das hatte ich wirklich nicht gewollt, aber seitdem gehörten die schief eingebundenen Augen untrennbar zu einer *Rocky-Horror-*Fliege! Auch bei mir macht sich eben manchmal Dogmatismus am Bindestock breit.

Nach zwei durchangelten Meerforellensaisons an der Küste glaubte irgendwann auch *Bäumepflanzer* an schielende Küstenfliegen und er band fortan schielende *Polar Magnus'* und schielende *Garnelen-Anjas.* Wir fingen viele Meerforellen mit unseren schielenden Fliegen.

≈

Ich warf die *Rocky Horror* mit dem Strom aus und die Fliege landete mitten im Strömungsfilm. Beim Einstrippen spürte ich mit jedem Zug den Strömungsdruck auf der Schnur. Die Fliege furchte durch den Oberflächenfilm und ich bewegte sie Zug um Zug gegen die Strömung. Sehr, sehr langsam strippte ich den Köder ein, denn das wilde Wasser hauchte der *Rocky Horror* schon genug Leben ein.

Erst als ich nach einer halben Stunde damit begann, den Köder mit der Strömung zu führen, attackierten die Meerforellen die

Fliege. Die Fische hatten sich dem Strom zugewendet – das war die Richtung, aus der sie Nahrung erwarteten.

Bei den ersten zwei Attacken ging mein Anschlag noch ins Leere, aber der dritte Fisch blieb hängen. Ich bedankte mich bei dem Fisch, tötete ihn und nahm ihn noch am Wasser aus. Auf die *Rocky Horror* war eben wirklich Verlass.

Das Feuer brannte an diesem Abend am „Bin am Meer"-Strand. Und wenn ich die technischen Möglichkeiten eines *Raumschiff Enterprise* gehabt hätte, hätte ich auch meine Familie, Leif, *Bäumepflanzer* und *Walflüsterer* dazugebeamt.

Ich grillte den wilden Fisch auf einem Spieß direkt über der Glut und würzte ihn mit grobem geräuchertem Meersalz. Er schmeckte einfach fantastisch.

Ich war da, in der Mitte meines Kreises.

Der Weg zurück führte mich durch eine sternenklare Nacht und erst weit nach Mitternacht lag ich glücklich und beseelt wieder im Bett in meinem kleinen Ferienhaus.

Der vierte Tag

Kinder brauchen Rückenwind

Ich ermutige immer zum Tanz, nicht zum Marsch.

Yoko Ono

Am nächsten Tag war ich um dreizehn Uhr mit Leif am Leuchtturm verabredet. Wie am Tag meiner Anreise saß er wieder auf der Kühlerhaube seines Landrovers und wartete auf mich. Mit ihm auf der Kühlerhaube: zwei Packungen Schokoladenkekse und eine aufgeklappte Fliegenbox.

„Oh, Geheimköder", scherzte ich, als ich sah, dass Leif die *Polar Magnus,* die ich ihm geschenkt hatte, an sein Vorfach knotete.

„Ja, echtes Fricklerwerk!", lachte er und wir umarmten uns zur Begrüßung.

Ich erzählte von meinen Erlebnissen am „Bin am Meer"-Strand.

„Diese Strömung hat schon seit fünf Jahren niemanden mehr auf das Riff gelassen. Und die Ursache für die starke Strömung liegt, wie bei den massiven Abbrüchen an der Steilküste, in den steigenden Wasserständen. Die Ufer wurden völlig neu geformt und von so manchem lieb gewonnenen Riff werden sich die Angler in Zukunft wohl verabschieden müssen", wagte Leif einen Blick in die Zukunft.

„Ist es nicht erstaunlich, dass Erfolg oder Misserfolg an dem Platz davon abhängt, ob du den Köder mit oder gegen die Strömung führst?", kam ich auf die Fischerei zu sprechen und war wirklich auf die Expertenmeinung von Leif gespannt.

Den beschäftigte aber eine ganz andere Geschichte, die er an dem Strand erlebt hatte: „Als ich vor zwei Tagen an deinem Strand war, um einen Spaziergang zu machen, beobachtete ich einen Vater, der mit seinem kleinen Sohn angelte. Der Kleine beherrschte sein Handwerk. Er stand am richtigen Platz und die Schnur gehorchte ihm bei fast jedem Wurf. Es war wirklich beeindruckend, den kleinen Knirps werfen zu sehen. Er angelte voller Hingabe und Leidenschaft. Ohne Frage war das Fliegenfischen eine große Gabe, die er mit auf seine Lebensreise bekommen hat."

„Es gibt wirklich nicht viele Kinder, die mit einer Fliegenrute am Meer stehen und versuchen, Meerforellen zu fangen", stimmte ich dem alten Mann zu.

„Die beiden waren so konzentriert beim Angeln, dass sie mich gar nicht bemerkten", setzte Leif seine Geschichte fort, „und der Vater fing eine Meerforelle nach der anderen."

Irgendwie ahnte ich in dem Augenblick schon, was gleich kommen würde…

„Der Junge warf und warf und hakte nicht einen Fisch! Er war so stolz und so konzentriert, und mit jedem neuen Wurf hoffte er, der nächste Fisch würde endlich seine Fliege nehmen. Ich habe schon oft erlebt, dass, wenn Vater und Sohn miteinander angeln, dem Sohn der erste, oft sogar der einzige Fisch des Tages geschenkt wird." Leif schmunzelte.

„Oh, ja! Das kenne ich", nickte ich. Diese Erfahrung hatte ich auch schon mehrmals mit meinen Kindern gemacht.

„Dieses Geschenk an den Sohn ist aber auch ein Geschenk an den Vater, weil er die Gelegenheit bekommt, seinen Sohn zu feiern und ihm Anerkennung zu geben", fand Leif. „Das ist eine Form der Anerkennung, wie sie nur ein Vater seinem Sohn schenken und ein Sohn auch nur von seinem Vater bekommen kann. Denn der Vater hebt den Sohn mit seiner Würdigung auf eine Ebene mit sich selbst. Aber der kleine Junge am Strand hatte keine Chance, einen Fisch zu fangen, weil sein Vater ihn nicht in sein Wissen einweihte. Der Vater angelte mit einem sinkenden Vorfach und ließ seinen Sohn Wurf um Wurf mit einem schwimmenden Vorfach fischen. Die Fische jagten aber nicht im Oberflächenfilm, sondern im Mittelwasser, und um dorthin zu kommen, brauchte man eine sinkende Vorfachschnur."

Jetzt schaute Leif mich achselzuckend an. „Statt seinen Sohn zu stärken und ihn auf eine neue Ebene seines Selbstbewusstseins zu heben, versuchte er, ihn im wahrsten Sinne des Wortes kleinzuhalten. Der Vater sah in seinem Sohn einen Konkurrenten und statt Einweihung passierte Verwundung. Der Vater verletzte das Herz seines Sohnes, weil er selbst noch nicht in seinem Mannsein, in seiner Liebe angekommen war. Und er war sich der Wunden, die er schlug, nicht bewusst", analysierte Leif.

„Bist du zu den beiden gegangen?", fragte ich in der Hoffnung, dass sich die Situation für den kleinen Jungen noch gewendet hatte und er am Ende doch einen Fisch haken konnte.

„Ja, das bin ich. Und ich sage dir, es war der Gang zu einem brodelnden Vulkan! Als ich den Mann fragte, warum er seinen Sohn nicht in sein Wissen einweihte, begann er, mich wüst zu beschimpfen. Ich solle mich nicht in fremde Angelegenheiten mischen und nicht von Dingen reden, von denen ich keine Ahnung hätte. Und wenn ich nicht sofort verschwinden würde, könnte er auch anders … Kleine verletzte Jungs sind gefährlich, weil sie sich nicht unter Kontrolle haben, nicht ihre Wortwahl und oftmals auch nicht ihre Hemmschwelle zur Gewalt. Ich bin dann lieber gegangen, allerdings nicht ohne dem Jungen zu sagen, er solle lieber mit einem Sinkvorfach angeln. Das Gezeter des Vaters konnte ich noch in den Dünen hören!" Leif lachte, aber es klang nicht besonders fröhlich.

≈

Wir gingen hinunter an den Strand und unterhielten uns über bewährte Fliegenmuster. Ich hielt die Hälfte der Strecke eine Lobrede auf meine schielende *Rocky Horror* und war sehr dankbar, dass wir noch einmal gemeinsam angeln würden.

Der Platz von heute war so eine Art Geheimtipp von Leif, und er meinte, ich täte gut daran, ihn vor anderen nicht zu oft zu erwähnen. Das war eine Ansage, die jeder Angler sofort verstand!

Die Bedingungen an diesem Tag hätten zum Angeln nicht besser sein können. Der Himmel war bedeckt und ein mäßiger Wind aus südlicher Richtung drückte die Wellen auf den Strand. Der Strömungsfilm war auf der Wasseroberfläche klar zu erkennen und wir konnten hier tatsächlich direkt vom Strand aus angeln.

Der Platz lag an einer kleinen sandigen Bucht. Die Strömung lief zuerst gut zwanzig, dreißig Meter in die Bucht hinein, das Wasser staute sich und lief dann über einen Kehrstrom, der sich in dem aufgestauten Wasser gebildet hatte, wieder hinaus ins offene Meer.

„Dort sind die Fische meist zum Jagen." Leif zeigte auf den Kehrstrom.

Ich schätzte kurz die Entfernung ab. „Das krieg ich hin!"

Wir stellten uns eine Wurfweite auseinander und warfen unsere Fliegen aus. Ich setzte wieder auf die *Rocky-Horror*-Fliege, und Leif hatte tatsächlich die schielende *Polar Magnus*, die ich ihm am ersten Tag geschenkt hatte, an sein Vorfach gebunden.

Schon bei meinem zweiten Wurf bekam ich einen kräftigen Biss, aber der Fisch blieb nicht hängen.

„Was ist los?", neckte der alte Mann mich, und während er sprach, flog seine Schnur so geschmeidig Richtung Kehrstrom, dass ich fast versucht war, das Angeln einzustellen und ihm nur zuzusehen. Seine Bewegungen waren eine Augenweide, und das trotz seiner schwindenden Kräfte.

≈

Auch an diesem Tag machte Leif immer wieder kleinere und größere Pausen. Ich fischte die ganze Zeit durch, bekam fünf Bisse – und konnte nicht einen einzigen Fisch haken.

„Das gibt's doch nicht!" Verzweifelt schaute ich zu Leif, als ich gerade wieder eine Chance vertan hatte.

„Was machst du denn da?" Leif konnte nicht fassen, dass nicht eine Meerforelle hängen blieb. „Hast du mal deinen Haken kontrolliert?"

Nein, das hatte ich nicht, und als ich dem Ratschlag folgte, stellte ich fest, dass der Haken im Bogen abgebrochen war. Er besaß also gar keine Spitze mehr.

„Solche Angler lieben die Fische!" Leif konnte sich vor Lachen kaum halten, und es war das erste Mal, dass ihm ein Wurf in der Luft komplett zusammenbrach. Seine Schnur landete völlig ungeordnet auf dem Wasser.

Wir lachten eine Ewigkeit, und immer noch mit Schnappatmung stellte ich Leif die Frage, wie so etwas überhaupt passieren könne.

„Dreh dich mal um", war seine Antwort.

Hinter mir lag, etwa fünfzehn Meter entfernt, ein dicker Findling am Strand.

„Du meinst, ich habe mir die Hakenspitze an dem Ding weggetackert?" Ich war immer noch aus der Puste vom Lachen.

„Ja, wahrscheinlich schon beim ersten Wurf, denn den ersten Fehlbiss hattest du ja beim zweiten!" Grinsend schaute er mich an.

„Tja, ohne Hakenspitze fängt selbst die *Rocky Horro*r nichts." Ich suchte nach meiner Köderbox und begann, die harmlose Fliege auszutauschen.

Noch während ich eine neue *Rocky Horror* montierte, erwischte Leif den ersten Fisch. Dieser hatte seine Fliege im Kehrstrom genommen und schwamm jetzt direkt auf den alten Mann zu. Schnell brachte Leif die überschüssige Schnur auf die Rolle und hielt den Fisch mit Druck in der Strömung fest. Nach zwei, drei Fluchtversuchen in das flachere Wasser der Bucht strandete er direkt vor seinen Füßen.

Leif schaute den Fisch an. „Oh, das ist eine Regenbogenforelle!"

Ich hatte schon des Öfteren von dem Fang einer Regenbogenforelle im Meer gehört, es aber noch nie selbst erlebt oder gesehen. Die Flossensäume des Fisches waren mit dunklen Punkten besetzt und nicht komplett ausgebildet. Der Fisch kam ohne Zweifel aus einer Käfighaltung im Meer. In diesen runden Käfigen befanden sich, je nach Größe, bis zu zweihunderttausend Fische auf engstem Raum und sie schwammen wie in einer Zirkusarena immer im Kreis. Man mästete sie in einer Saison zur Schlachtreife, und zwar mit Futterpellets, die zu fast hundert Prozent aus wilden Fischen bestanden. Für ein Kilo Futterpellets mussten drei Kilo wilder Fisch gefangen und verarbeitet werden. Der Irrsinn hat einen Namen. Es gab Fischer, die fuhren nur aufs Meer hinaus, um Futter für die Fischfarmen zu fangen, und ein großer Teil dieser Futterfische waren Tobiasfische.

Immer wieder zerstörten Stürme und kräftige Wellen diese Käfige, und die eingepferchten Kreaturen schwammen plötzlich im Meer herum, in einer Freiheit, mit der viele der Fische nichts mehr anfangen konnten, weil sie längst zu Kreisschwimmern mutiert waren.

Bäumepflanzer hatte einmal eine Gruppe solcher ausgebüxter Fische in einem kleinen Hafen beobachtet. Die Fische waren sichtlich froh, endlich wieder einen festen Rahmen für ihr Dasein gefunden zu haben, und sie schwammen dort so lange im Kreis, bis auch der Letzte von ihnen mit der Angel herausgefangen war. Die

Regenbogenforellen waren selbst für den ungeübtesten Angler eine leichte Beute.

„Die hier stammt wahrscheinlich aus dem Käfig, der im letzten Winter zerborsten ist." Leif hielt den Fisch liebevoll in seinen Händen und musterte ihn. „Sie hat es tatsächlich geschafft, nun fast ein Jahr im Meer zu überleben. Ihr Schuppenkleid ist nicht mehr regenbogenfarben, sondern silberblank, wie bei den wilden Meerforellen, die nicht in die Bäche aufsteigen oder längst wieder abgestiegen sind." Leif strich dem Fisch über die Außenhaut.

Je länger es so eine Regenbogenforelle schafft, im Meer zu überleben, desto mehr wird das auch äußerlich sichtbar. Experten stritten immer wieder darüber, ob diese unverhofft in Freiheit geratenen Zuchtfische eine Gefahr für die wild lebenden Meerforellen- und Lachsstämme darstellten. Wenn sie tatsächlich in die Aufstiegsbäche schwimmen und die Laichplätze der wilden Fische zerstören würden, wäre das natürlich eine echte Katastrophe.

Und genau das war die größte Befürchtung der Pessimisten. Die Optimisten dagegen freuten sich regelmäßig über Pressemitteilungen von geplatzten Netzkäfigen und stürmten dann mit ihren Ruten ans Meer. Das Angeln auf ausgebrochene Regenbogenforellen war ganz anders als die Jagd auf den *Fisch der tausend Würfe*. Die Zuchtfische waren leichte Beute.

„Ich lasse ihn wieder schwimmen!" Leif sah mich an. „Er hat sich gerade erst mit dem Meer und der Freiheit vertraut gemacht. Er wird schon keinen Unsinn machen!"

Der Alte ließ den Fisch frei, und der schwamm wieder dorthin, wo er gebissen hatte: in den Kehrstrom.

≈

„Hast du eigentlich mal Regenbogenforellen in den Meerforellen-Aufstiegsbächen der Insel gesehen?", fragte ich Leif, weil ich die Befürchtungen der Pessimisten nicht ganz unbegründet fand.

„Ja, zweimal, allerdings nur in den Mündungsbereichen der Bäche."

Wilder Fisch stand auf den Plastikverpackungen, in denen die Regenbogenforellen dann zur Hälfte oder im Ganzen in den Discountern und Supermärkten landeten. *Wilder Fisch,* weil sie im Meer ein Jahr lang im Kreis schwimmen durften. Manchmal stand auch noch so etwas wie *biologisch* oder *ökologisch* auf der Verpackung, was in der Praxis so viel bedeutet wie: *Diesen Fisch haben wir nur mit halb so viel Antibiotika vollgepumpt wie die anderen.*

Ohne Medikamente ging nämlich nichts in den Fischfarmen; zu groß war die Gefahr, dass sich Krankheitserreger in so einem Käfig rasend schnell von Fisch zu Fisch übertrugen.

Die Rückstände der Medikamente sanken dann mit dem Kot der Fische auf den Meeresboden unter den Käfigen. Auf diesem Meeresboden war jegliches Leben erloschen. Keine Korallen, keine Seegraswiesen, keine Muscheln, keine Krebstiere, keine Fische … die Käfige waren über riesigen Kloaken verankert. Und wer die größten dieser Kloaken besichtigen möchte, der sollte sich die Lachsfarmen in Norwegen und Chile auf den Reiseplan schreiben.

„Ein Mensch, der das Meer liebt, kann unmöglich Farmfische kaufen", hatte *Bäumepflanzer* einmal gemeint. Recht hatte er.

Mittlerweile angelte ich auch wieder mit einem Haken und fing noch meinen Fisch des Tages. Eine Meerforelle, fünfundvierzig Zentimeter lang und rund ein Kilo schwer. Sie nahm die Fliege fast vor meinen Füßen. Schielende Fliegen fischten also auch im Kehrstrom …

Wir machten uns auf den Rückweg zu unserem Lagerfeuerplatz vor dem Ferienhaus und ich nahm meinen Fisch mit. Die gestrige Meerforelle, über dem offenen Feuer gegrillt, war so gut gewesen, dass das unbedingt nach einer Wiederholung schrie. Und ich besaß auch noch etwas von dem leckeren Räuchersalz …

Ich genoss es sehr, den alten Mann an meiner Seite zu haben. Am Ferienhaus angekommen ging ich Feuerholz suchen und Leif bereitete den Fisch vor. Als ich beim Holzsammeln erneut auf den Höhleneingang der Kreuzotter stieß, fiel mir ein, dass Leif mir noch eine Antwort schuldete.

„Warum sind es eigentlich nur Jungs, die von Kreuzottern gebissen werden?", fragte ich Leif, als wir endlich auf unseren Hockern am Feuer saßen.

„Die für mich stimmigste Antwort hat mir einmal Jesper gegeben, dessen Sohn auch zwei Nächte im Krankenhaus verbringen musste, weil sein ganzer Arm nach einem Schlangenbiss angeschwollen war. Die Kreuzotter, die seinen Sohn gebissen hatte, war kaum länger als dreißig Zentimeter gewesen, aber schon die kleinen Schlangen tragen fast dieselbe Giftmenge in sich wie die Elterntiere. So ein Biss ist wirklich sehr unangenehm und schmerzhaft und die Jungs müssen dann erst einmal Ruhe halten", beschrieb Leif die Konsequenzen so einer Begegnung.

„Und was war Jespers Erklärung dafür, dass nur Jungs mit einem Kreuzotterbiss im Inselkrankenhaus landen?"

„Sie riskieren einen Biss, weil sie ihren Vätern die Chance geben wollen, sich ihnen wirklich voller Liebe zuzuwenden. Das tun sie natürlich nur unbewusst. Väter wenden sich oft ab, wenn ihre Söhne schwach sind oder kränkeln. Jesper war damals ja vor allem damit beschäftigt, sich tagtäglich um seinen Arbeitsplatz zu ängstigen, und natürlich hat sein Sohn das mitbekommen. Aber wie soll so ein Kind so eine Situation auflösen? Welches Handwerkszeug hat es schon, den eigenen Vater wieder in das Hier und Jetzt zu holen?", fragte Leif. Ich hob nur die Schultern.

„Im Nachhinein war Jesper der Meinung, dass dieser Schlangenbiss ein Hilferuf seines Sohnes war und eine Einladung an ihn als Vater, sich ihm zuzuwenden. Und dass überhaupt viele der Unfälle und Verletzungen, die sich Jungs so zufügen, lauter Einladungen an ihre Väter sind, sie endlich bedingungslos zu lieben. Dafür stürzen sie sich von Fahrrädern, Schaukeln, Klettergerüsten, brechen sich Arme oder Beine und kommen mit Gehirnerschütterungen nach Hause. Sie wollen sich der Liebe des Vaters vergewissern. Wollen spüren, dass er sie nicht ablehnt, nicht verurteilt, dass er nicht wegläuft, wenn sie mal schwach sind. Sie wollen spüren, dass er da sein kann, dass er sich der Schwäche des Sohnes hingeben kann, ohne sich selbst dabei schwach zu fühlen. Die Verletzung des Sohnes ist für einen Vater die Chance, sich seinem eigenen inneren verwundeten kleinen Jungen zuzuwenden. Es ist die Einladung an einen Vater, die Initiation zum Mann und damit zurück in die Liebe zu vollziehen. Und es ist die Gelegenheit, seinen Sohn endlich aus tiefstem Herzen bedingungslos zu lieben und für ihn da zu sein, ohne Wenn und Aber."

Ich starrte stumm ins Feuer und versuchte, das alles erst mal zu verarbeiten.

Leif fuhr nach einer kleinen Pause fort: „Als Jesper seine Ängste besiegt hatte, konnte er all das fühlen. Der Schlangenbiss seines Sohnes war tatsächlich gerade einmal zehn Tage her, als wir uns damals am Meer trafen und Jesper so voller Angst war. Sein Sohn hatte Jesper den Spiegel vorgehalten. Ohne dieses Erlebnis wäre er auch mir gegenüber vielleicht niemals so offen gewesen und hätte es nicht geschafft, sich endlich auf den Weg zu sich selbst zu machen."

Als der Fisch am Lagerfeuer grillte, erinnerte ich mich an die Geschichte von dem kleinen Jungen und seinem Vater beim Angeln. Nicht nur für unsere Generation war die Suche nach der Visitenkarte im eigenen Leben wichtig, sie war es auch für unsere Kinder und Enkel.

„Wie schaffen wir es denn als Väter, unseren Kindern so den Rücken zu stärken, dass sie die Visitenkarte ihres Lebens finden?", fragte ich mit einem Seitenblick auf Leif.

„Indem wir sie vor allem bedingungslos lieben!", antwortete er prompt.

„Einer meiner Enkel ist ein *Späher.* Andere würden sagen, er sei ein *Unruhegeist,* aber diese Menschen sehen ihn nicht mit ihrem Herzen. Ein *Späher* ist eine Persönlichkeit, die immer Neues entdecken will, für sich, aber auch für ihren Stamm. Routine langweilt so einen zu Tode. Ihn treibt vielmehr die Frage um: *Was ist hinter dem nächsten Berg? Späher* werden von ihrer Neugier bewegt, das ist der Treibstoff in ihrem Leben. Einer der Männer, mit denen ich eine Woche am Meer unterwegs war, war auch so einer. Wir haben ihn irgendwann *Strandläufer* getauft. Er erkundete jeden Tag neue Strände und ohne ihn hätten wir an zwei Tagen gar keine Fische gefangen. ‚Ich habe da hinten an der Steilküste gestern einen Schwarm Grönländer gesehen, vielleicht sind sie heute auch da', präsentierte er der Gruppe damals seine Idee, wie der fischlose Tag vielleicht nicht fischlos enden musste, und wir hörten auf ihn und hatten Erfolg … *Späher* sind mutige Männer, denen alles Neue keine Angst macht. Ganz im Gegenteil. Es ist diese Welt der Neuentdeckungen, in der sie sich selbst finden. Ernest Shackleton, Neil Alden Armstrong, Reinhold Messner – alles *Späher.* Einen *Späher* kannst du nicht jeden Tag in eine Firma schicken oder zum Frickeln in eine Werkstatt; das ist nicht seine Welt. Für ihn muss jeder

Tag neu und anders sein. Er liebt die Herausforderung. Nur dann fühlt er sich wirklich lebendig. Nur dann ist er in der Mitte seines Kreises."

Leif drehte sich zu mir hin und lächelte stolz. „Mein Sohn und seine Frau haben meinen Enkel immer darin bestärkt, sein Spähersein auszuleben. Sie hatten keinen besseren Plan für ihn als er für sich selbst. Sie haben ihm vertraut, weil sie dem Leben vertraut haben. Nur ein initiierter Mann und eine initiierte Frau können ihren Kindern so den Rücken stärken, ohne ihnen ihre eigenen Wünsche und Vorstellungen aufzudrücken oder sich in Ängsten um ihre Zukunft zu verlieren. Kleine Jungs und kleine Mädchen können das nicht. Mein Enkel ist übrigens Reisejournalist geworden. Auf der Visitenkarte seines Lebens steht *Weltenbummler.* Er war schon in der Schule ein Junge, der nicht still sitzen konnte."

Unser Fisch war fertig, und nicht nur das, Leif zauberte aus seinem Rucksack auch eine Flasche guten Rotwein hervor. Wir feierten den Augenblick und damit auch das Leben.

„Und was macht dein anderer Enkel?", fragte ich, wusste ich doch, dass es zwei Jungen waren, die mit Leif vor langer Zeit das Riff erobert hatten.

„Er ist ganz anders als der erste", berichtete Leif. „Schon als kleiner Junge liebte er es, wenn möglichst viele Menschen mit ihm ums Feuer saßen, sich Geschichten erzählten und gemeinsam Lieder sangen. Im Gegensatz zu meinem anderen Enkel liebt er die Gemeinschaft mit anderen Menschen, er braucht sie sogar und blüht dabei auf. In Gesellschaft fühlt er sich lebendig. Mein Enkel ist Diakon und Jugendarbeiter geworden und auf der Visitenkarte seines Lebens steht *Gemeinschaftsstifter.* Das ist seine Gabe und Aufgabe, und er verdient damit auch sein tägliches Brot." Zufrieden blickte Leif in die lodernden Flammen.

In Gedanken holte ich meine Söhne mit ans Feuer. Der jüngere *ist*, wie ich auch, ein *Frickler*. Er hatte sich seine eigene Werkstatt eingerichtet. Dort erschuf er die tollsten Sachen und verkaufte sie in einer kleinen Sommergalerie in der nächsten Stadt. Fische aus Treibholz, Möbel für Kinder, Segelboote zum Fernsteuern, Lenkdrachen, Holzeisenbahnen, Seifenkisten – seiner Fantasie und seinem Ideenreichtum waren keine Grenzen gesetzt. Damit es für sein tägliches Brot reichte, kellnerte er im Winterhalbjahr in einem Hotel. Und wenn man ihn fragte, was auf seiner Visitenkarte steht, antwortete er: „Ich bin ein *Schöpfergeist*."

Mein älterer Sohn ist ein *Jäger*. Er ging, wann immer es möglich war, an den kleinen See zum Angeln, auf dem auch unser Floß am Holzsteg lag. Das war seine Welt. Die Welt des Wassers, der Seerosenfelder und der Stille, in der er sich lebendig fühlte. Er arbeitet als Biologe und Autor. Auf der Visitenkarte seines Lebens steht *Stillesucher*.

Nun seufzte auch ich zufrieden und schaute in die Flammen. Auch wenn ich, weiß Gott, als Vater nicht alles richtig gemacht hatte, hatte ich doch offenbar noch rechtzeitig die Kurve gekriegt und meinen Söhnen genug Rückenwind gegeben, dass sie ihren eigenen Weg gesucht und gefunden hatten.

≈

Unser Feuer brannte, bis die Sonne hinter dem Horizont verschwand. Leif fuhr schließlich nach Hause und ich ging auf die Terrasse des Ferienhauses und band im Schein meiner Kopflampe noch drei *Rocky-Horror*-Fliegen. Sie sollten mein morgiges Abschiedsgeschenk für Leif werden.

Der fünfte Tag

Der Abschied

„Irgendwann kommt der Tag, da musst du sterben!“ Charlie Brown
„Stimmt, aber an allen anderen werde ich leben!“ Snoopy

Es waren die beiden aufgeregten Krähen, die mich an diesem Morgen weckten. Beim Blick aus dem Fenster sah ich, wie die beiden Streithähne sich wieder auf den Bussard stürzten.

„Schau dir das an!", hatte Leif vor zwei Tagen mit einem Blick zum Himmel gesagt. „So haben sich früher deine Angstgedanken auf dein Herzenswissen gestürzt."

Nach einem Frühstück auf der Terrasse nahm ich meine Fliegenrute und watete hinaus auf das lange Riff vor dem Ferienhaus. Ich hielt dabei weder Ausschau nach Flaschen, noch gab ich mich dem Gedanken hin, dass ich Leif an diesem Nachmittag zum letzten Mal sehen würde.

Ich wollte im Meer stehen und angeln.

Schon bei den ersten Würfen merkte ich, wie leicht und geschmeidig sich heute die Schnur streckte. Nach vier Tagen hatte ich meinen Wurfrhythmus gefunden. Ich war mit meinen Würfen so im Fluss, dass meine innere und die äußere Welt miteinander verschmolzen. Alles war eins: meine Wurfbewegungen, das Meer, mein Seelenzustand, der Wind, mein Atem, mein ganzes Sein. Meer als Alles.

Der erste Fisch, der sich an diesem Tag die schielende *Polar Magnus* schnappte, war ein tollkühner Hering. Es war nicht ungewöhnlich, dass sich die Fische jetzt im Herbst in Küstennähe aufhielten, aber dass sich ein Fisch in so flaches Wasser traute, überraschte mich dann doch.

Ich schickte den mutigen Fisch zurück zu seinem Schwarm und an meinen Händen blieben drei von seinen silberblanken Schuppen kleben.

Der Fang heizte das Jagdfieber in mir noch zusätzlich an, denn es gab keine größeren und kampfstärkeren Meerforellen als die sogenannten *Heringsfresser.* Das waren Fische, die das ganze Jahr nichts anderes taten, als den Heringsschwärmen zu folgen und sich vollzufressen.

≈

Der größte Heringsfresser, den ich jemals gesehen hatte, hatte auf die *Meet & Greet-Magnus* von *Bäumepflanzer* angebissen.

„So ein großer Fisch auf so eine kleine Fliege!"

Ehrfurchtsvoll hatten wir uns damals über den fast sieben Kilo schweren Koloss gebeugt.

Das Herausragende an der Geschichte war die Tatsache, dass *Bäumepflanzer* sich nach einer halben Stunde Fischerei auf dem Riff umgedreht und angefangen hatte, in Richtung Ufer zu angeln. Beim zweiten Wurf war die Rute krumm. Der dicke Fisch war also hinter seinem Rücken, aber in seinem Kreis geschwommen.

„So geht das!", hatte *Bäumepflanzer* nur kurz und knapp gesagt und sich mit einer gewissen Selbstzufriedenheit und dem dicken Fisch an den Strand gelegt.

Seitdem hatte es keine Tour mehr an die Küste gegeben, bei der wir nicht auch hinter unseren Rücken fischten. Ein Kreis ist ein Kreis.

≈

An diesem Vormittag fing ich keinen Fisch mehr und machte mich schließlich auf den Weg zurück zu meiner Hütte. Ich wollte, dass das Lagerfeuer brannte, wenn Leif an den Strand kam.

Er erschien am frühen Nachmittag mit einem selbst gebackenen Kuchen und einem Lächeln im Gesicht. Wir saßen am Feuer, tranken Kaffee, aßen Apfelkuchen und sprachen über Glücks- und Schneidertage, also Tage, an denen kein Fisch beißen wollte. Leif erinnerte sich noch einmal an seinen Freund Edwaldson, der mit einer tiefen Gelassenheit auch Schneidertage in seinem Fischerleben hinnehmen konnte, und das, obwohl er mit Netzen fischte.

„Edwaldson sah das ganz pragmatisch: Blieben die Netze leer, hatte er mehr Zeit, um auf der Terrasse zu sitzen!“ Der Gedanke an seinen Freund zauberte Leif ein Lächeln ins Gesicht. „Er musste dann ja keine Fische ausnehmen und keine Netze säubern.“

„Wie ist Edwaldson eigentlich gestorben?“ Ich hatte nun ja schon so einiges über den Freund von Leif gehört, aber ich wusste nichts über seinen Tod.

„Als ich zur Walbeobachtung nach Nordnorwegen gereist war, erreichte mich plötzlich die Nachricht, dass Edwaldson im Sterben lag. Er war vor seiner Hütte umgefallen, und es sah so aus, als ob er sich nicht mehr erholen würde. Als ich sechs Tage später zurück war, erkundigte ich mich bei seiner Familie nach seinem Befinden, und sie erklärten mir, dass er anscheinend nicht mehr in diese Welt zurückkehren wollte. Er sei nicht mehr wirklich ansprechbar, aber man könne eine innere Unruhe spüren. Eine Unruhe auf der Schwelle zwischen Leben und Tod. Edwaldson war anscheinend noch nicht bereit, seine letzte Reise auch wirklich anzutreten. Ich fuhr zu ihm, setzte mich an sein Bett und erzählte ihm von den Walen, von den Fjorden und von unseren glücklichen Tagen vor seiner Hütte am Meer. Vom Blick auf das Riff, von der Holzbank, auf der wir saßen … Ich erzählte dem sterbenden Edwaldson einfach alle seine Lieblingsgeschichten. Geschichten, die er mir immer wieder voller Stolz und mit einem Leuchten in den Augen erzählt hatte. Zum Beispiel die, wie er mit seinem robusten Kutter einen

Sturm mit meterhohen Wellen überstanden hatte. Auf den Kutter ließ Edwaldson zeit seines Lebens kein böses Wort kommen." Leif schmunzelte kurz, dann wurde er wieder ernst. „Die ganze Zeit hielt ich seine rechte Hand und dann umfasste ich sie mit beiden Händen und sprach ein Gebet. Es war ein Dankgebet. Ein sehr, sehr langes Dankgebet für das Leben, das Edwaldson beschert worden war. Ich dankte in seinem Namen für die vielen glücklichen und erfüllten Momente mit seiner Familie, auf dem Meer und vor seiner Hütte und ich schloss das Gebet mit einem Vaterunser. Als ich mich von Edwaldson verabschiedete, wusste ich, dass es ein Abschied für immer sein würde. Noch in derselben Nacht schlief er für immer ein."

Leif verteilte die letzten beide Stücke des Apfelkuchens und ich legte Feuerholz nach.

Ohne darüber nachzudenken, stellte ich Leif plötzlich die Frage, die mir auf der Seele lag: „Hast du eigentlich keine Angst vor dem Tod?"

„Ach, weißt du, Angst vor dem Tod zu haben ist relativ sinnlos. Sie bewahrt dich vor gar nichts, hindert dich aber am Leben." Leif schaute mich an und biss in den Apfelkuchen. „Wenn ich im Lauf der Zeit etwas gelernt habe, dann nicht mit der Wahrheit zu streiten, sondern mich dem Leben wirklich hinzugeben. Und jetzt würde ich gern noch ein letztes Mal mit dir angeln gehen." Er blickte mich unternehmungslustig an.

Es war genauso endgültig, wie der alte Mann es formuliert hatte: Wir gingen ein letztes Mal zusammen angeln.

≈

An jedem anderen Tag wäre ich bei solchen Wetterbedingungen am Lagerfeuer sitzen geblieben und Leif wahrscheinlich auch … Aber sich zum letzten Mal in diesem Leben zu verabschieden, ohne noch einmal angeln gegangen zu sein, das wäre nicht stimmig gewesen. Auch zum Abschied mussten wir das tun, was uns in unseren Herzen verband.

Wir gingen an einen Strandabschnitt westlich des Riffs.

Wir angelten in Stille.

Es gab keine Worte für dieses Ritual. Unser Schweigen war voller Dankbarkeit und Hingabe. Es war das Schweigen zweier Männer, die sich auf ihrer Lebensreise ganz tief begegnet waren.

≈

Und dann kommt auch an so einem Tag der Punkt, an dem man seine Fliegen in die Korkgriffe der Ruten steckt und innerlich sagt: *Das war's!*

„Ein letzter Kaffee am Feuer?", fragte Leif. Und natürlich wollte ich noch einmal mit ihm am Feuer sitzen und Kaffee trinken.

Ich rang mit den Tränen, während wir zurück ans Feuer gingen. Wie immer ging ich los, um Feuerholz zu sammeln, und Leif rückte die Holzhocker zurecht.

„Da haben wir am Ende doch noch einen Schneidertag hingelegt", schmunzelte Leif, als ich mit dem Holz im Arm am Feuerplatz auftauchte. Und dann kam ihm tatsächlich noch eine letzte Geschichte in den Sinn.

„Eine meiner Lieblings-Visitenkarten-des-Lebens-Geschichten ist übrigens die von dem Fischer Simon am See Genezareth. Der hatte an einem absoluten Schneidertag eine ganz besondere Begegnung …"

Ich brauchte einen Moment, bis ich kapierte, dass Leif auf Simon Petrus, den Jünger, anspielte.

„Auf der Visitenkarte von Simon stand schon viele, viele Jahre lang *Fischer.* Bis zu dem Tag, an dem er Jesus traf. Und dieser Tag hatte für ihn und seine Kollegen am See wahrlich alles anders als gut angefangen, denn ihre Netze waren trotz harter Arbeit und viel Erfahrung den ganzen Tag leer geblieben. Und dann tauchte da plötzlich dieser Wanderprediger Jesus auf, von dem die Fischer zwar schon gehört hatten, dem sie aber nie zuvor begegnet waren. Und dieser Jesus bat Simon, die Boote erneut aufzuklaren und noch einmal mit ihm hinaus auf den See zu fahren und die Netze auszuwerfen. Wohlgemerkt an einem Tag, an dem es die Fische mit diesen gestandenen Fischern alles andere als gut gemeint hatten. Es war die Bitte eines jungen, optimistischen Wanderpredigers, der die alteingesessenen und erfahrenen Fischer an diesem Tag Folge leisteten. Dieser junge Mann hatte keinerlei Erfahrung mit der Fischerei auf dem See, aber er hatte ganz offensichtlich Charisma und Überzeugungskraft!“ Leif lächelte mich an und ich nickte ihm auffordernd zu fortzufahren.

„Die Fischer fuhren also mit Jesus erneut hinaus auf den See, und der junge, unerfahrene Mann zeigte ihnen die Stelle, an der sie ihre Netze auswerfen sollten. Ziemlich unvorstellbar, oder?“

Er zwinkerte mir zu, und ich versuchte, mir auszumalen, wie eine ähnliche Szene bei den alteingesessenen Fischern hier am Inselhafen verlaufen wäre. Irgendwie konnte ich mir nicht vorstellen, dass die einfach wegen der Idee eines dahergelaufenen Fremden noch mal rausfahren würden.

„Wirklich unvorstellbar“, antwortete ich und erinnerte mich, wie die Geschichte weiterging: „Aber sie taten es und die Netze waren voll mit Fischen!“

„Tja", nickte Leif. „Die erfahrenen Fischer waren völlig sprachlos. So etwas hatten selbst sie noch nie erlebt! Als sie wieder ans Ufer zurückgerudert waren, wandte sich Jesus Simon zu und sagte: ‚*Ich will dich zu einem Menschenfischer machen!*' Das war der Moment, in dem Simon *sein* Wort bekam: *Menschenfischer*. Es war der Moment, in dem Gott ihn und er Gott berührte, der Moment, in dem ein Wort seiner Gabe und seiner Aufgabe im Leben Ausdruck verlieh. Und seine Intuition war es, die ihn fühlen ließ, dass er diesem jungen Wanderprediger vertrauen konnte. Er ließ alles stehen und liegen und ging mit ihm. Hingabe ist eine Frage des Vertrauens."

Es war die letzte Geschichte, die Leif mir erzählte. Bei dem Gedanken traten mir wieder die Tränen in die Augen, und Leif wusste, warum ich weinte. Abschiednehmen ist ein Weg, der durch die Traurigkeit führt. Es war das dritte Mal in dieser Woche, dass wir den Zauber des Moments nicht mit Worten zerstörten.

≈

Als wir nach einer langen Zeit der Stille unsere Sprache wiederfanden, sagte Leif: „Ich habe mein Wort auf der Visitenkarte meines Lebens über Jahrzehnte gelebt. Und jetzt kann ich das Leben auch loslassen. Meine Gabe und Aufgabe haben sich erfüllt, und dazu gehört auch das Wissen, dass ich mein Leben nicht tiefer hätte berühren können. Ich habe aus tiefstem Herzen gelebt."

Es kehrte wieder Stille ein am Strand und am Lagerfeuer.

Wir verabschiedeten uns mit einer langen Umarmung.

Nach der Reise

Die Nachricht vom Tod des alten Mannes kam nicht überraschend für mich. Schon bei unserem letzten Telefonat vier Wochen zuvor hatte mir Leif erzählt, dass er sich auf das Sterben vorbereitete.

Er war auf dem Weg in den Nachthimmel.

Mein Gefühl hatte mich nicht getrogen, und obwohl ich es geahnt, nein, gewusst hatte, machte sich in diesem Augenblick, in dem ich die Karte mit seiner Todesnachricht las, eine große Traurigkeit in mir breit.

Der Tod hatte seine eigenen Gesetze und zu diesen gehörte seine Unumkehrbarkeit.

In den vergangenen Jahren hatte ich den alten Mann dreimal auf der kleinen Insel mitten im Meer besucht und jedes Mal hatten wir eine Woche lang gemeinsam geangelt und philosophiert. Während ich die Todesnachricht in Händen hielt, mischte sich in die Trauer auch eine tiefe Dankbarkeit und ein gewisser Frieden.

Leif hatte mir so viel beigebracht … vielleicht war er sogar die prägendste Person in meinem Leben gewesen. Und das Beste war, dass er das auch gewusst hatte. Ich war so froh, dass ich im letzten Herbst meinem Herzen gefolgt war und ihn ein letztes Mal besucht hatte. Zwischen uns war nichts unausgesprochen geblieben, und es gab nichts, von dem ich mir nachträglich wünschte, dass ich es ihm gesagt hätte.

Mir kam mein Freund *Bäumepflanzer* in den Sinn. In Gedanken sah ich ihn, wie er, angelehnt an einen mächtigen Baum, mit seinem Vater sprach. Dieses Bild spendete mir Mut und Hoffnung.

Leif würde auch in Zukunft mit mir am Lagerfeuer sitzen, mir zuhören und antworten, wenn ich ihm eine Frage stellte. Und wenn ich eines Tages auf die kleine Insel zurückkehrte, dann würde er dort mit mir am Strand sitzen …

Kleiner Reiseführer
Welches Wort steht auf der Visitenkarte deines Lebens?

Welches Wort steht auf der Visitenkarte deines Lebens?

Auf den folgenden Seiten habe ich einige Fragen zusammengestellt, die dazu dienen können, dich auf der Reise zu dem Wort auf der Visitenkarte deines Lebens zu inspirieren und zu begleiten.

Die Antworten findest du in deinem Herzen. Gute Reise!

Was sind deine Talente?

....

....

....

....

....

Was macht dir am meisten Freude?

....

....

....

....

....

Was sind deine zwei Lieblingsfilme und was bewegt dich in diesen Filmen besonders?

....

....

....

....

....

....

Welche fünf Menschen haben dich auf deiner bisherigen Lebensreise besonders beeindruckt und warum?

....

....

....

....

....

In welcher Landschaft fühlst du dich zu Hause?

....

....

....

....

....

Was hast du als Kind besonders gern getan?

....

....

....

....

....

Fühlst du dich mit bestimmten Tieren, Pflanzen oder Steinen verbunden? Wenn ja, warum?

....

....

....

....

....

....

Was sind die drei Lieblingsgeschichten, die du gern am Lagerfeuer über dich selbst erzählst? Wähle eine Geschichte aus deiner Kindheit, eine Geschichte aus der Jugendzeit und eine Geschichte von heute.

Mit wem solltest du dich endlich versöhnen? … Und mit wem noch?

Wofür brennt dein Herzensfeuer?

Welche zehn Personen, außer deinen Familienmitgliedern, sitzen mit dir an deinem Feuer?

Worüber kannst du weinen?

Stell dir vor, du hast drei Jahre Zeit zu tun und zu lassen, was du willst. Was tust du?

Hast du einen Kraftplatz? Wenn ja, wo liegt der?

Wann bist du gern mit dir selbst zusammen?

Welche drei positiven Eigenschaften stehen auf der Rückseite deiner Visitenkarte?

Welche kleinmachenden, ängstlichen und einschränkenden Gedanken wirfst du in dein Universum und welche Fische fängst du mit diesen Ködern?

Wie lauten die kraftvollen, wertschätzenden, liebevollen und freiheitlichen Gedanken, mit denen du dich wirklich lebendig fühlst?

....

....

....

....

....

Und welche Fische beißen bei solchen Gedanken?

....

....

....

....

....

Was könnte endlich aus deinem Leben verschwinden, um es übersichtlicher und klarer zu machen?

....

....

....

....

....

Was ist deine Aufgabe im Leben?

....

....

....

....

....

Welches Wort steht auf der Visitenkarte deines Lebens?

Walflüsterer, Birdtriber, Frickler, Seelenheiler,

Wegbegleiter, Rückenwindgeber, Bäumepflanzer,

Friedensbotschafter, Glücklichmacher,

Naturbewahrer, Gemeinschaftsstifter, Bildweltenschöpfer,

Tonkünstler, Talentförderer, Meeresforscher,

Flügelverleiher, Weltenbummler,

Wiederzusammenbringer, Herzöffner,

Wahrheitsager, Neuesentdecker, Bogenkünstler,

Geburtshelfer, Lebensbejaher, Veränderungsadvokat,

Ideenbefeuerer, Zahlenjongleur, Schatzsucher,

Rennradretter, Zuhörheld, Wunscherfüller,

Zufluchtgeber, Freiheitskämpfer, Geschichtenerzähler,

Mitreißer, Haltgeber, Schönheitverbreiter, Chaosordner,

Wachsenlasser, Lebensumarmer, Hundwerker,

Erlebnissammler, Kräuterkenner, Strandläufer,

Buntmacher, Freimacher, Schatzsucher,

Sternengucker, Schönmacher, Erwecker, Grünfinger,

Erfüllungsgehilfe, Klarmacher, Glücksbote,

Bessermacher, Problemlöser, Bestärker, Versöhner,

Möglichmacher, Ideengeber, Mutmacher, Heiler,

Friedensstifter, Gestalter, Dancer, Meerliebhaber …

© Foto : Martin Thaulow

Über den Autor
Udo Schroeter

1963 in Preetz/Holstein geboren, habe ich stets die Nähe zum Meer gesucht und gefunden. Schon in frühester Kindheit fing ich Fische mit der Angel und verbrachte jede freie Minute am Wasser. Nach dem Abitur und einem Studium an der evangelischen Fachschule in Rickling bestimmte das Wasser auch meine diakonische Arbeit: Kanutouren, Segelfreizeiten, Zeltfreizeiten für Jugendliche und Erwachsene nach Korsika, in die Bretagne, die Normandie, nach Südfrankreich, nach Schweden und nach Norwegen. Das Erleben von lebendiger Gemeinschaft war immer geknüpft an die Weite und den Naturraum Meer. Nach meiner diakonischen Arbeit gründete ich Mitte der 90er-Jahre auf der Insel Fehmarn mit meiner Frau den Verlag „Die Rapsbande".

Das Kindermagazin „Scholli" war eines unserer Herzensprojekte. Kindern Geschichten vom Meer zu erzählen war eine erfüllende und abenteuerliche Aufgabe. Daneben habe ich 18 Angelbücher publiziert.

Im Jahr 2006 sind wir mit unseren beiden Söhnen von der Insel Fehmarn auf die dänische Ostseeinsel Bornholm ausgewandert. Wir sind am Meer zu Hause. Ich liebe das nächtliche Huschen des Leuchtturmlichts über unser Grundstück genauso wie das ewige Anbranden der Wellen auf dem breiten Sandstrand. Das Meer inspiriert mich und meine Arbeit, egal, ob als Coach, Berater, Fotograf oder Autor. Das Meer stiftet und trägt meine Ideen von einem ursprünglichen und selbstbestimmten Leben in und mit der Natur.

www.udoschroeter.com

MIX
Papier aus verantwortungsvollen Quellen
FSC® C014496

1. Auflage Juni 2017
Bestell-Nr. 835166
ISBN 978-3-86334-166-4

Umschlaggestaltung: Gute Botschafter GmbH, Haltern am See
Fotos Farbteil und Umschlagfoto: Udo Schroeter, Bornholm
Gestaltung: Maike Michel und Stefan Wiesner
Satz: Uhl & Massopoust GmbH, Aalen
Druck: GGP Media GmbH, Pößneck

Printed in Germany